나에게로 온 날들 | 因緣

2018년 대표에세이 수필모음집

초판 발행 2018년 11월 24일
지은이 대표에세이문학회
펴낸이 안창현 **펴낸곳** 코드미디어
북 디자인 Micky Ahn **교정 교열** 오재령

등록 2001년 3월 7일
등록번호 제 25100-2001-5호
주소 서울시 은평구 갈현로 318-1 1층
전화 02-6326-1402 **팩스** 02-388-1302
전자우편 codmedia@codmedia.com

ISBN 979-11-89690-00-7 03810

정가 12,000원

나에게로 온 날들 | 因緣

2018년 대표에세이 수필모음집

　대표에세이문학회는 월간문학을 통해 등단한 문인 중에 수필가들의 모임이다.

　해마다 가을이면 회원들은 동인지라는 아름다운 열매를 세상에 내어 놓았다.

　회원들의 열정과 개성이 담긴 동인지는 암탉이 알을 모아 따뜻하게 품고 마치 부화를 기다리는 병아리의 모습처럼 껍질을 깨고 나오기를 기다린다.

　올해의 우리 이야기들은 인연이라는 공통의 이미지를 담고 있다.

　우주 안의 모든 만물과 인간, 인간과 인간은 보이지 않는 인연의 끈으로 이어져 있고 선연과 악연까지도 우리는 냉정하게 끊어내지 못하고 함께 얼크러져 울고 웃으며 살고 있다.

　우리는 대표에세이라는 동인의 인연으로 수필가라는 동질의 옷을 입고 개개인의 남다른 사랑과 열정으로 더욱더 가까이에서 살아가며 서로의 존재 의미와 가치를 느끼고 있다.

꽃다발 드리며 신입회원들과의 반가운 만남도 있었고 예기치 않았던 작고 문인들과의 슬픈 이별도 있었다.

세월은 그동안 잃은 많은 인연들을 채워주고 아픔까지도 치유해주며 여기까지 온 것 같다.

선배들을 존경하며 배우고 후배들을 사랑하고 격려하며 서로 흐트러짐 없이 제자리를 지켜온 회원들의 모습을 보여 달라 하신다면 그 모습과 증거가 바로 이 동인지이다.

6월의 세미나도 무사히 잘 끝났고 동인지가 완성되어 아름다운 단풍 속에서 출판기념을 하고 새로운 일꾼을 뽑으면서 우리는 더욱 아름다운 인연으로 승화되어질 것이다.

올해도 아름다운 책을 묶어주신 출판사와 연임으로 수고해주신 김영곤 주간님께 감사드립니다.

2018년 대표에세이문학회 회장 이은영

Contents

서문 _4

피천득 선생과의 인연 정목일   10

또 만나고 싶은 사람들 김학   14

어머니와 희평산의 인연 이창옥   18

인연 지연희   23

오래된 인연 조성호   27

필연筆緣은 필연必緣이다 권남희   32

인연 최문석   36

묵향 한석근   40

참새 둥지 볕 드는 날 고재동   45

참새는 맨발로 난다 고재동   51

한겨울 아꼈더니 윤주홍   57

다리 위의 미소년 이은영   60

가족의 의미 김사연 64

선물 같은 인연 정인자 70

반딧불이 사랑 윤영남 75

국경 넘은 인연 윤영남 78

내게 온 날들 박미경 82

매력 류경희 85

손편지 열애 조현세 89

한 사람의 인연을 떠나보내며 김지헌 93

맺고 지우는 일들 정태헌 99

손길 김선화 104

한 통의 전화로 시작된 인연 박경희 108

인연의 수레 청정심 114

Contents

인연의 끈 김윤희   118

신 깜언 김현희   122

비비추 곽은영   127

인연의 덫 김경순   132

양연 김경순   134

꼬망딸레부 허해순   137

어떤 동거 허문정   141

옥빛 눈동자 김진진   145

어린 친구 전영구   150

어둠이 피워내는 꽃 김기자   154

틈 김기자   156

라이프 온 B612 김영곤   158

준비된 만남 전현주   163

애벌레의 꿈 김정순   167

다이아 반지 신순희   172

끈 박정숙   177

하얀 도라지꽃 최종   181

실타래 김순남   186

끈 신미선   191

저 언덕 너머 조명숙   196

인연의 흔적 백선욱   201

'라 캄파넬라'의 연 이재천   206

피천득 선생과의 인연

정목일

피천득 선생은 한국 현대수필 1세대를 대표하는 수필가이자 시인이고 번역 문학가였다. 평소에 시인으로 불리길 좋아하신 분이셨다. 금아 선생의 수필은 탁월한 은유법을 보이고, 짧고 운율이 흐른다는 점에서 시적인 문장을 구사하고 있다. 금아 선생의 수필은 시의 산문화散文化라고 할 수 있다. 5매 내외의 짧은 분량에 간결하고 함축성 있는 문장은 고결하고 향기로운 삶과 인격에서 우러난 인생의 발견과 깨달음의 꽃이다. 금아 선생의 문장에서 돋보이는 요소는 시적인 운율, 비유, 절제, 함축, 유미적인 요소가 아닐까 한다.

피천득 선생과의 인연은 하늘이 주신 은혜로 생각한다. 1975년『월간문학』, 1976년『현대문학』을 통해 수필 부문 최초의 등단 작가가 되어 10년이 넘었지만 선생과 만날 기회가 없었다. 지방에서 묻혀 지내는 무명의 수필가를 기억하실 까닭도 없을 테고, 한번 찾아뵐 용기도 없었다. 『현대문학』을 통해 등단한 작가들의 모임인 '현대문학수필작가회'에서 동인수필집을 내고 출판기념회를 개최하면서 수필 모임엔 한 번도 참석하신 일이 없는 선생께 초대장을 보내드렸다. 참석하시리라곤 생각도 하지 못했는데, 뜻밖에 참석해 주셨다. 선생께서 "이런 자리에 참석한 일이 없는데, 정목일 수필가를 만나고 싶어 왔다."고 하셔서 얼마나 놀랐는지 모른다. 일주일쯤 지나서, 창원에서 서울로 올라와 금아 선생의 댁을 방문하였다. 거실에서 금아 선생께 세 번 절을 올렸다. 선생께서 무명 수필가의 이름을 불러주시고 격려해 주신 데 대한 감사와 함께 마음으로 스승으로 모시고 싶다는 의사를 표시한 것이다. 내성적인 성격이어서 선생께서 이름을 불러주시지 않았더라면 댁을 방문할 용기를 내지 못했을 것이다.

거실엔 서양과 동양의 대시인들의 사진이 붙어 있고, 사진 밑엔 말린 장미 송이 하나씩을 테잎으로 붙여 놓았다. 고결한 영혼을 노래했던 대시인과 영혼을 교감하는 모습을 보여 주셨다. 내 손을 이끌어 침실로 안내하시고 마치 소년처럼 얘기하셨다. 생전에 좋아하시던 영국 영화배우 잉그리드 버그먼의 사진들이 여러 장 붙어 있고, 침대 옆 의자 위 커다란 여자 인형이 놓여 있었다. 이 인형은 고명딸 서영이가 갖고 놀던 것인데, 딸이 시집간 이후로 '난영'이란 이름을 붙여 수양딸로 삼아 머리도 빗겨주고 계절마다 옷을 갈아입히며 아침저녁으로 인사 말을 나누면서 지낸다고 웃으셨다. 나도 「서영이와 난영이」라는 선생 의 수필을 읽었으므로 난영이의 손을 만지며 인사를 나누었다.

일 년에 서너 번 정도지만 금아 선생 댁을 방문하곤 했다. 봄철에 하 동 쌍계사 우전차를 구해 보내드리면 전화로 '잘 받았다'고 말씀하시 고, 댁에 가면 영국 홍차와 재스민차를 선물로 주셨다. 서울에서 수필 교실을 열고 일주일에 한 번 강의를 한다고 말씀 드렸더니, 제자들을 데리고 오라고 하셨다. 몇 차례 제자들을 데리고 댁으로 인사드리러 갔다. 그때마다 선생께선 당신의 책에다 서명하셔서 제자들에게 선물 해 주시곤 했다.

피천득 선생의 시 「이 순간」을 외면서 깨닫곤 한다. 나는 늘 평범하 고 무덤덤한 오늘에 불만을 토하고, 언제나 빛나고 향기로운 내일만을 꿈꾸면서 헛되이 보낸 시간의 낭비자였다. 영원에 눈이 어두워, 찬란한 미래만을 꿈꾸면서 살아온 못난이가 아니었던가. '지금 이 순간'의 진 실과 깨달음으로 최선을 다하는 일이 영원을 만나는 길임을 모르고 허 송세월을 하고 말았다. 이 순간 삶의 의미와 진실을 찾는 일이 인생을 꽃피우는 일인 줄 모르고 지냈다.

피천득 선생의 시 「이 순간」에서 글을 쓰는 나에게 가장 위로를 주는 것은 "이 순간 내가/ 마음 내키는 대로 글을 쓰고 있다는 것은/ 허무도 어찌하지 못할 사실이다." 라는 구절이다.

'이 순간'의 발견, 자각과 노력은 인생의 의미와 가치를 발견하는 깨달음이 아닐 수 없다.

정목일 | 『월간문학』 수필 등단(1975년), 『현대문학』 수필 천료(1976년). 한국수필가협회 이사장 역임, 한국문인협회 부이사장, 연세대학미래교육원, 롯데백화점 본점, 한국문인협회 평생교육원 수필지도교수. 수상: 한국문학상, 조경희문학상, 원종린문학상, 흑구문학상, 님촌수필문학상, 윤재천문학상 등. 저서: 수필집 『남강부근의 겨울나무』 『한국의 영혼』 『별이 되어 풀꽃이 되어』 『달빛고요』 등 20여 권. E-mail: namuhae@hanmail.net

또 만나고 싶은 사람들

김학

사회생활을 하노라면 많은 사람을 만나게 된다. 배움터에서 만나는 사람이 있는가 하면, 일터에서 만나는 이도 있고, 노는 곳에서 만나는 이도 있다. 만남이 있으면 헤어짐이 있는 건 당연하다. 만남의 기간이 긴가 짧은가의 차이가 있을 뿐이다. 그러기에 만남은 헤어짐의 출발이라 할 수 있다.

어떤 이는 헤어진 뒤에도 또 만나고 싶은가 하면, 어떤 이는 또 만날까 두려워지기도 한다. 만남의 기간이 짧았다고 해서 만나기 싫어지는 것도 아니다. 다만 만남 기간 중 어떤 인간관계를 유지했느냐에 따라 달라질 뿐이다.

80줄 문턱 가까이 들어선 S군은 나와 중학교 동기동창이다. 전주에서 고등학교를 마친 그는 제대 후 '돌팔이 의사'의 조수가 되어 의술을 익혔다. 30여 년 전에 그는 춘향골 N시에서 어느 개인병원의 사무장으로 일하고 있었다.

S군은 남달리 애향심이 강했다. 남의 집에서 고용살이를 하면서도 그는 고향의 선후배들을 모아 보우회寶友會란 모임을 만들어 헌신적으로 고향 후배들을 뒷바라지 하는 데 힘썼다. N시로 유학을 와서 고등학교에 다니는 남녀 후배들을 위해 보우회관寶友會館을 만들어 공부방으로 활용하게 하는가 하면, 매일 밤 후배들의 하숙집이나 자취방을 순방하면서 탈선을 미연에 방지하기도 했다.

또 「천황봉」이란 월간신문을 매달 발간하면서 후배들의 문예작품도 싣고, 고향 소식이나 고향의 전설, 고향의 인물을 소개하여 애향심을 북돋아 주기도 했다. S군은 고향의 초등학교 졸업식장엔 어김없이 나타나 푸짐한 부상을 곁들여 시상을 하는가 하면, 면민의 날 행사 때는 소주 몇 상자라도 기증하곤 했다. S군의 애향심을 곁에서 지켜보면서 나는 자신이 자꾸만 왜소해지고 초라해지는 기분을 느끼지 않을 수 없었다. 그는 확실히 시대가 요구하는 작은 거인이었다. S군을 다시 만나게 된 것은 나에겐 크나큰 기쁨이요 행복이었다.

30줄에 들어선 G아나운서. 그녀는 열 달쯤 같이 근무했던 직장의 후배였다. 빼어난 미모에 붙임성 좋은 성격, 넘치는 인정, 흠잡을 데 없는 아나운서다. G양은 여느 여성에게서는 찾아보기 어려울 정도의 성실

성과 적극성을 지닌 재원이었다.

G양은 매일 새벽 6시에 시작하는 국악원의 북 강습에 나가더니 고수鼓手가 되었다. 북 치는 법을 배우고 난 G양은 남녀 동료들과 더불어 사물놀이를 배우기 시작했다. 뿐만 아니라 테니스의 고장인 N시에서도 알아주는 테니스 선수로 성장했다. 잠시도 시간을 낭비하지 않았다. 자기 발전을 위해 집념을 갖고 노력하는 G양을 눈여겨보면서, 나는 가슴에 후회의 반성문을 새기지 않을 수 없었다. N시에서 10년 세월을 보내면서 나는 무엇을 했던가?

테니스 라켓을 두 개나 선물 받았고, 하숙집 뒷문만 열면 테니스 코트가 4면이나 있는데도 테니스를 배우지 못한 나! 북을 배우라는 권유를 여러 번 받았으면서도 차일피일 미루다 북을 배우지 못한 나! 차라리 G양을 좀 더 일찍 만났더라면 나도 그중 한 가지쯤은 익힐 수 있었으련만….

나는 앞으로도 살아가면서 많은 사람들을 만나게 될 것이다. S군과 G양 같은 이웃을 만날 수 있다면 더할 나위 없는 기쁨이겠지만, 그것은 기대할 수 없는 과욕인 줄 안다. 나는 때때로 S군과 G양을 떠올리며 느슨해지려는 마음을 추스른다. 나는 이제부터라도 내 적성이나 능력에 맞는 목표를 설정하고 정진하여 성취감을 만끽하고 싶다. 언젠가 S군이나 G양을 다시 만나게 될 때, 그들에게 지난날 내 후회의 변을 들려주고, 그것이 계기가 되어 나의 오늘을 이룩했노라고 떳떳이 자랑하고 싶다.

김학 | 『월간문학』 수필 등단(1980년). 전북수필문학회장, 임실문인협회장, 대표에세이문학회장, 전북문인협회장, 전북펜클럽회장 역임. 국제펜클럽 한국본부 부이사장 역임. 수상: 펜문학상, 한국수필상, 영호남수필문학상 대상, 동포문학상 대상, 전북도문화상, 전주시예술상, 원종린문학상 등. 저서: 수필집『실수를 딛고 살아온 세월』『하여가&단심가』등 14권, 수필평론집『수필의 길 수필가의 길』등 2권. E-mail: crane43@hanmail.net

어머니와 희펑산의 인연

이창옥

첫눈이다.

어린아이마냥 하늘을 본다.

무더기로 내리는 눈 사이로 점 하나 떠돌며 어지러이 맴을 돈다.

금방이라도 지워질 듯 보이는 잊어버린 지 오랜 얼굴이 갑자기 핏줄로 온다.

아버지. 문질러 지우고 싶은 그 모습이 핏줄로 절인다.

내 눈 앞에 선 그 모습은 끊어진 연줄처럼 모질게 따로 떠돌게 놓아두어야 할 텐데, 어찌 보면 어머니의 원恕이 내가 더 츱츱하고 짙은 탓일까?

나이답지 않게 잠바 깃을 세우고 내쫓기듯 밖으로 나왔다. 포켓에 손을 깊이 넣고 거리를 무작정 걷다가 가까운 친구를 불러 미욱스럽고 착잡한 심정을 소주 한잔으로 풀까 하다 다시 걷는다.

시외버스를 탔다.

어느새 내 고향 희평산 발치에 와 있는 나를 느낀다.

하늘로 쭉 뻗은 소나무와 낙엽송과 전나무, 떡갈나무들이 서로 엉기어 눈 숲을 만든 것이 참으로 장관스럽고 숙숙肅肅하다.

어머니의 뜨거운 살로 이루어진 수없이 밀집된 이 산의 무성한 나무들, 그것은 그분의 지나간 청춘의 늪이며, 메워도 메워지지 않는 한恨의 자국이다.

남편과의 별리의 자국을 흙을 붓듯 정성들여 심어 가꾼 나무들. 하늘은 아내로서의 여인을 버렸지만 어머니로서의 여인은 버리지 않아 우리 형제를 믿고 살가운 마음씨로 나무들을 키울 수 있었다.

지금까지 남모르는 고뇌의 불안을 나보다 저 숲이 훨씬 더 잘 알리라.

언제였던가.

"어머니. 잊고 살아요. 우릴 버리고 가버린 분이니 잊고 살아요."

우리 가족은 어떻게 사느냐고 울부짖는 어머니의 치마끈을 애끓게 붙잡고 마당 한가운데에 매달렸던 우리 형제의 침통한 무늬는 지금도 등골을 오르르 떨게 한다.

아버지는 젊은 소실을 데리고 어디론가 떠났었다. 차라리 돌아가셨던들 '이 세상 사람이 아니거니' 하고 그분의 가슴에 한의 맺힘이 덜 하였는지도 모른다.

19

이창옥

아버지가 떠난 뒤 살아가는 터전은 말이 아니었다. 빈곤의 연속이었다. 어머니의 나이 서른 둘, 그때부터 그분의 청춘은 찢어지고 깨어졌다.

우리 형제를 끌어안고 마음 놓고 울 수도 없이 가난은 처절했다. 셋방살이를 전전하며 바느질 삯품팔이로 시가媤家를 지키며, 할머니와 네 식구의 끼니를 이어 갔었다. 나물을 삶아 끼니를 때워 가면서도 한두 푼씩 돈을 모았다. 그리고 남모르게 묘목을 사들여 발가벗은 빈 산에 심고 가꾸는 끈질긴 고집으로 아픔을 버티었다.

선조께서 유산으로 남긴 것은 오직 벌거벗은 산덩이 하나뿐이었다. '메마른 산에 나무 한 포기 없어도 어디 한번 기름지게 만들어 보자.' 이것은 누구를 위한 것보다는 한 남자로 인해 허물어지지 않으려는 자신에 안긴 궤적의 힘이 소용돌이 친 거라 할까.

이제는 활처럼 휜 허리에는 당신의 사역과 생애가 같이 하고 있고, 자글자글한 주름살과 곱살스런 얼굴에는 뼈와 가죽만이 밀리고, 핏기 잃은 하얀 모습은 지나간 당신의 고달픔을 다발로 읽을 수가 있었다.

어머니는 우울하고 마음을 걷잡을 수 없을 때면 당신이 심고 가꾸신 희평산에 올라 사랑스럽고 대견스러운 미소 띤 마음결로 나무를 하나하나 어루만지었으리라. 더불어 되돌아오지 못할 지난날의 일들을 되뇌며 눈물지었을 것을 생각하니 편치 않은 마음에 자식 된 난 또 한 번 불효자로 뜨거운 눈물을 훔친다. 이제야 철이 들어 하뭇한 어머니를 알게 된다.

어머니는 밤이면 누구 하나 찾아올 사람도 없는데 등불을 달아 놓는 것을 잊지 않았다. 문풍지만 스르르 울리어도, 꽃이 피고 달빛만 차가와도, 밖에 잔바람만 지나가도, 수련한 가슴은 뜨거웠다. 품에 안겨 잠자던 세월보다는 이제야 알 것 같은….

자신의 육신을 떠난 ○○○의 '아내'라는 허명虛名 안에 밤마다 영혼을 얼마나 무너뜨렸을까? 전생에 무슨 넋이 그분에게 묻었는가. 꿈에도 보지 못한 여인의 뜨겁게 달아오른 인두로 속살을 덴 그분. 가슴 안창까지 화기火氣가 뻗친 그 상처는 눈이나 감아야 아물런가.

인연 간수.

인간에 있어서 이 인연 간수만큼 무섭고 힘든 것 또 있던가. 그녀의 남편에 대한 인연 간수를 허술히 한 원怨이, 평생에 다시없을 원이 오늘의 이 희평산에 크낙한 푸른 숲을 만들었으리라.

눈발에 지나가는 바람 소리가 아련하다. 오늘따라 한 생애의 별한別恨이 너무 사무치어 치마끈도 안 풀린다는 그분의 피어나는 한숨 소리가 당신이 가꾸신 산의 숲을 덮는다. 잘 자란 산야를 잠재운다.

어머니.

어머니.

목에 잠긴 부름만 나무 사이로 갈라진다. 청아하고 짙푸른 나무에 베푼 여유로운 인연은 오늘, 마음이 훔훔하고 사랑한 얼굴을 지니시겠지…. 어머니의 살이 식지 않는 나무들이여.

지금, 가족 묘원에서 어머니의 검은 비석 앞에 겸손한 자세로 무릎을 꿇는다.

눈 숲은 청향淸香을 피운다.

이창옥 | 『월간문학』 수필 등단(1983년). 한국문인협회, 펜문학협회, 전북문협, 호주문협, 전북수필문학회장, 현대수필, 전북문단, 한국수필 이사. 수상: 전북문인협회상, 풍남문학대상, 한국문인대상, 국민훈장 동백장. 저서: 수필집 『갈꽃 길섶이야기』등 5권. E-mail: leeco41@naver.com

인연

지연희

한 그루의 바람꽃이다. 휘몰아치는 늦겨울 삭풍 속에서 하얗게 쌓인 눈언덕을 비집고 일어선 복수초, 나의 집은 차가운 얼음의 휘장에 싸인 거푸집으로 바람만 불어도 무너져 내렸다. 허허한 속성의 부식질 토양에 뿌리를 의지하여 자라고, 눈을 녹여야지만 꽃을 피워 세상을 바라볼 수 있는 힘겨움이 있다. 그러나 차가운 얼음의 동굴에서 뿌리를 내리고 빛의 세상을 향한 나의 나들이는 내 숙명의 길에 놓인 '봄의 전령사'라는 사명을 저버릴 수 없는 인연의 고리를 쥐고 있다. 그만큼 노오란 꽃잎을 펼쳐 환히 웃음 지으면 기쁨이 되는 세상과의 내 인연은 감사해야 할 일이다.

설연화, 얼음새기꽃이라 부르기도 하는 나의 속성은 연못 진흙 속에 피는 연꽃처럼 앞이 보이지 않는 혼돈의 시야를 헤쳐 끝없이 가부좌를 틀고 면벽하는 수도승이다. 한밤중 쌓인 눈雪의 한기가 온몸으로 스며 들기 시작하면 뿌리부터 치솟는 냉기류를 생존의 질서로 받아내곤 했다. 눈을 감고 기도하지 않으면 깎아지른 절벽 절망의 늪에 떨어지고 마는 현실을 조용한 묵상으로 이겨내야 하는⋯. 그러나 어두움 깊은 밤이 지나 이른 아침이면 어머니의 따뜻한 손길로 다가와 가없는 사랑 의 햇살을 부어주시는 빛의 주인이 있어 다시금 눈을 뜰 수 있다.

꽃을 피운다는 것은 얼마나 복되고 희망찬 일인지 모른다. 하루하루 내 몫의 크기로 내게 주어진 일상들과 마주 서서 땀을 흘리고 난 뒤 마 시는 한 사발의 냉수처럼 마음 밭에 스며드는 기쁨이다. 꽃대로 밀어 올린 노오란 봉오리가 슬며시 꽃잎을 열어내면 어떤 미움도 슬픔도 아 픔도 미소를 머금게 되는 치유의 손길이다. 최선의 인내로 만날 수 있 는 청초한 눈동자로 전해주는 맑은 눈웃음이다. 꽃을 피워낸다는 것은 생명이 살아 있음으로 전하는 아름다운 메시지가 아닐까. 세상 한 가 운데 숨 쉬며 존재한다는 이 위대한 사실을 무심결에 깨닫게 되는 확 신이다. 혹독한 추위와 세찬 비바람에 흔들리지 않던 견고한 인내로 이룩한 신뢰임을 알게 한다.

눈부신 설원의 표피를 열고 환한 미소의 꽃잎을 열면 저기 황금빛 아침 해는 수호신처럼 햇살을 뿌려준다. 환한 낯빛에 이는 맑은 종소 리를 들을 수 있는 경이로운 시간이다. 더 이상 어떤 기쁨도 가능치 않은 행복이 꽃잎에 머물고 있다. 눈 위에 반짝이는 햇살이 눈부신 한낮의 산언덕에서는 빈 나뭇가지에 날아와 지저귀는 철새들의 수다와 먹이사냥을 나와 발자국을 남기고 쏜살같이 달아나는 노루며 다람쥐를 만날 수 있다. 조금씩 동면의 빗장을 푸는 이른 봄 눈밭의 짧은 낮 시간, 가까이 불어오는 추위가 온몸을 움츠리게 한다.

경칩이 지나 춘분 청명이 찾아와 꽃을 머금었던 내 맑은 웃음의 복수초는 완연한 봄의 시간을 지나 서서히 잎이 시들어 가고 꽃잎 떨어진 자리마다 씨앗을 품은 씨방을 준비하게 된다. 단단히 여물어 가는 씨앗을 느끼는 일, 비로소 이 일이 내 생의 의무였음을 알 수 있었다. 생명을 소유한 존재들의 가장 경이롭고 행복한 의무를 수행하는 일, 지상의 어디선가 흙의 훈기가 손끝에 감지되는 곳이라면 나의 분신은 내가 지나온 내 걸음의 행보를 이어갈 것이다. 씨앗과 씨앗의 인연으로 내 아버지의 꿈을 이어왔듯이 나의 바람이 가뭇한 존재의 흔적을 남길 것이다.

최소한 몇 번의 겨울이 지나고 몇 번의 봄날이 나를 이끌고 삶의 순환 고리를 또 엮어 가겠지만 나는 늦은 겨울 살을 에는 듯한 한파를 딛고 일어서 찬란한 봄의 가운데에 싱그럽게 다가서려 한다. 보다 단단한 씨앗을 경작하라고 쉼 없이 어머니의 손길을 뻗어 다독이는 햇살의 눈부신 자애를 마시며 매 순간 분연히 일어서고 있다. 미나리아재비과 Ranunculaceae에 속하는 다년생으로 태어나 여러 해를 거듭 살아낼 수 있는 노오란 얼음꽃의 나는 무엇보다 맑은 눈꽃을 피워낼 수 있어서 행복하다. 어제 저녁 차디찬 바람결을 피해 꽃잎을 오므렸던 나는 오늘 아침 활짝 꽃문을 연다.

지연희 | 『월간문학』 수필 등단(1983년). 『시문학』 시 당선. 사)한국문인협회 수필분과회장, 사)한국수필가협회 이사장, 사)한국여성문학인회 부이사장 역임, 사)현대시인협회 이사, 사)한국시인협회 회원. 계간 『문파』 발행인. 수상: 동포문학상, 한국수필문학상, 대한문학상 대상, 대한민국 예총 예술인상, 구름카페문학상, 정과정문학상, 동국문학상. 저서: 수필집 『식탁 위 사과 한 알의 낯빛이 저리 붉다』 『씨앗』 외 14권, 시집 『그럼에도 좋은 날 나무가 웃고 있다』 외 7권. E-mail: yhee21@naver.com

오래된 인연

조성호

이십여 년 전부터 만나자고만 하던 그리운 이를 만나려고 이제서야 길을 떠난다. 군산행. 청주에서 먼 거리도 아닌데 서로 시간이 어긋나고 시간에 쫓기다가 늘그막에 이제서야 만난다.

내가 제약회사 월간 사보에 낸 글을 보고 군산에서 내과의원을 운영하는 이상철 원장이 편지를 보내왔다. 웬 낯선 병원 봉투인가 했더니 자신과 비슷한 처지에 비슷한 연배인 듯하고 약사와 의사로서 같은 의료인으로 공감대가 형성될 듯싶다며 글을 보내온 것이다. 시골 초등학교 교장이신 아버지와 칠 남매인 대가족과 고생하시는 부모님, 당시는 모두 가난하고 어려운 시절을 보내는 평범한 내용이었다.

사보의 주문은 '여름'에 관한 글이었다. 그런데 나는 사실 여름이면 집안에 붙어 있고 휴가라고는 아이들 어렸을 때 변산해수욕장 간 기억 밖에는 없다. 아이들이 물놀이 가자면 유일하게 갔던 해수욕장을 떠올리면 "그때 과속 딱지 뗀 거만 생각난다."고 엉뚱한 발상을 하는 녀석들에게 여행의 효과가 없음을 강조한다.

초등학교 6년 동안 여섯 번이나 전학을 다녔고 6학년과 중학교 1년 동안 천등산 박달재가 있는 백운에서 보낸 2년간이 가장 행복했던 어린 시절, 고향 같은 곳이었음을 강조한다. 아버지는 워낙 일하기를 즐겨하셨지만 어머니는 열 식구의 영양 공급을 위해 온종일 밭에서 억척스럽게 일하셨다. 감자, 고구마, 옥수수, 토마토, 채소 등을 가꾸느라 밭고랑에서 사셨다. 제목은 아마 '여름 땡볕' 이었던 것 같고 글의 앞머리와 끝머리에 지용의 「고향」 시구를 넣었던가 한다. "고향에 고향에 돌아와도/그리던 고향은 아니러뇨", "고향에 고향에 돌아와도/그리던 하늘만이 높푸르구나." 채동선의 곡으로 유명하여 노래하곤 했다.

그런데 이 수필은 원고료나 타려고 보낸 탓인지 이내 잊혀져 수필집 낼 때는 거들떠 보지도 않았다.

이상철 선생과도 오래 왕래가 없다가 몇 해 전에야 연락이 왔다. 그동안 연락을 못한 건 약국과 약사 이름을 잊어서 최근에 청주약사회에 전화를 하였더니 나와 비슷한 연배의 약사를 소개하여 주어 글쓰시는 조 약사님이 연결되었다고 한다. 아버지 성묘 가는 길에 부인과 청주에 있는 내 이야기가 나왔고 당시의 그 원고는 부인이 잘 보관하고 있다는 것이었다. 남이 간직하고 있는 내 원고도 돌려 받을 겸 급속도로 만남이 이뤄지게 되었다.

전화로만, 목소리로만 만나다가 직접 처음 만나려니 설렘과 두려움이 엄습한다. 군산버스터미널에 내리자 미리 나와서 기다린 이상철 선생과 오래 악수를 한다. 외국인이라면 아마 포옹이라도 하고 기뻐서 어쩔 줄 몰라 했을 것이다. 이 선생은 키가 훤칠하고 서글서글한 인상에 나의 왜소한 체구를 감싸듯 너그러움을 풍긴다.

횟집으로 안내하여 들어가자 부인도 막 도착한다. 잘 차린 횟집 상차림에서 군산이 항구임을 말하여준다. 부인은 고전무용을 전공한 미인이다. 미리 내가 갑작스레 상처를 하여 혼자 올 것을 예고하긴 했으나 부부가 함께하지 못함을 못내 서운해한다. 병원이나 약국이나 늘 시간에 쫓기고 휴식을 취하기 어려운 의료인의 애환을 서로 토로했으면 좋았을 걸 하는 아쉬움도 큰데 나의 게으름 탓이다.

내가 선물할 것이라곤 나의 수필집 하나. 동인지 『뒷목문학』. 한마디 적어 좋은 인연을 표한다.

> 오래된 인연.
> 이제서야 뵙게 되어 반갑습니다.
> 인생 후반부에는 우리도 환자보다는
> 자신의 삶을 위해
> 재생하는 삶이었으면 싶습니다.

29
조성호

동병상련의 심정을 나누는 것만으로도 서로 위로가 될 터다. 나도 약국을 접고, 이 선생도 병원을 닫고 남미를 비롯한 여행을 몇 달 했다고, 이제는 노인병원에 근무나 하고 쉬며 취미 생활이나 해야겠다고 한다.

우리는 각자 아버지에 대한 회상에 젖었다. 두 분 다 야구에 지대한 관심이 있었다. 나는 우리 아버지가 펜팔을 하였던 사실을 이제서야 생각해낸다. 중학 시절, 아버지가 교육지에 발표하신 시를 보고 편지 내왕이 있더니 어느 날 우리집에 찾아와 하룻밤 묵으며 회포를 푸시던 것이다. 아버지는 문학소년으로 돌아가 신바람이 나셨다. 술도 거나하게 하시고 우리 집안의 문학가이자 당신의 형님이신 조벽암 시인과 작은 아버지 포석 조명희 근대문학의 선구자를 자랑하셨다. 펜팔하던 분은 경기도 연천 출신으로 휴전선이 고향을 가로막아 졸지에 실향민이 되어 실의에 빠져 살면서 수필계의 거목으로 성장하신 윤모촌 선생이었다. 몇 년 충북에서 교직에 있었던 인연으로 우리 집까지 오시게 되었다. 윤 선생은 '노스텔지어'를 편지에 곧잘 쓴 향수병자였다. 나는 중학생 때 이 단어를 사전에서 찾아냈다. 향수가 이분 문학의 밑거름이 되었다.

나를 위해 들른 '채만식문학관'은 배 모양의 예쁜 모습으로 근래에 지어졌다. 일제 침탈의 역사와 그의 친일 행각까지도 소상히 밝히고 있다. 전에 문학기행으로 '채만식 문학비'며 묘소만 들러 참배를 한 것이 벌써 삼십 년 넘었다. 잘 보존된 일제 수탈의 역사관들을 차근차근 안내하는 그의 성실성에 감동한다.

진천에 건립된 '포석 조명희 문학관'을 소개할 기회를 가져야겠는데 어물어물하다가 한 스무 해 넘길지. 굼뜬 내 행동을 채찍질할 일이다.

조성호 |『월간문학』수필 등단(1983년). 충북 청주 출생. 충북대학교 약학대 졸업. 한국문인협회, 대표에세이문학회, 뒷목문학 회원. 동양일보 논설위원. 청주시 영진약국 경영. 저서: 수필집『재생 인생』. E-mail: yj4614@hanmail.net

필연筆緣은 필연必緣이다

권남희

계간 『리더스에세이』 사무실 겸 출판사 사무실을 구하러 다니다가 가락동 오피스텔로 돌아왔다. '돌아왔다' 의미는 내 오피스텔이 있던 건물 바로 옆 건물에 입주했기 때문이다.

재개발된 주상복합 건물이 여러 동 들어섰는데 가락시장 전철역부터 내가 다녔던 길과 작은 우체국은 여전하고 몇 개의 오피스텔도, 미래수필문학회가 정기모임을 하고 송년행사를 하던 캘리포니아 호텔도 건재하다. 나의 40대와 송파 거주 작가들 발길이 머물던 길을 보니 나의 남은 운명 필생筆生이 보이고 있다.

죽어야할지 죽은 듯 살아야할지 갈팡질팡 했던 30대의 나. 『위대한 개츠비』 작가 스콧 피츠제럴드 아내 젤다는 남편의 소설작업을 질투하며 같이 술 마실 것을 강요했다지만 당시의 나는 나만 빼고 날마다 축제가 벌어지는 것 같은 도시를 질투하며 내 인생을 무너뜨릴 것처럼 술판을 좇아 다녔다.

어둡고도 찬란한 젊음이었지만 글을 쓰면서 나의 인생은 달라졌다. 술에 절어 쓰러지지 않았고 젊은 남자 꼬임에 집을 나가는 실수를 하지 않았으니 나는 어느 순간 글을 발판으로 확실하게 재생했다. 첫 수필집『미시족』을 낸 후에는 주변이 거의 글과 관련 있는 분들로 채워지고 30년이 넘는 우정을 쌓으면서 평생지기까지 얻었다면 성공한 인생이 분명하다.

원고청탁이나 집필의뢰, 심사, 국내외 여행, 단체 행사, 책 출간 등 필연筆緣의 연속이 필연必緣으로 거듭나고 있다.

『월간문학』으로 등단하고 몇 년 지나지 않아 송파문학회 사무국장을 맡아 일주일에 두세 번 사무실을 나가 봉사할 때였다. 그곳에는 그동안 지면이나 매스컴, 교과서를 통해서 알았던, 내로라하는 작가들이 포진하고 있어 마치 꿈을 꾸는 듯했다. 전업 작가로도 충분히 살아가는, 꽤 잘나가는 소설가들이 있을 때였다. 문학수업을 위해 파리에서(1921년부터) 7년을 살았던 헤밍웨이도 같은 기분이었을 것이다. 송파문학회 행사를 할 때 참가하는 작가들을 만나면 영화 〈미드나잇 인 파리〉 소재로도 활용된 한국판『파리는 날마다 축제』-헤밍웨이의 자전소설을 읽는 듯했다. 파리에서 지내는 동안 특파원으로 미국 잡지와 신문에 글을 싣고 소설을 썼던 헤밍웨이는 책 살 돈이 없어 '셰익스피어 컴

퍼니' 대여 책방에서 도서를 빌려 읽곤 했다. 그곳에서 제임스 조이스, 실비아 비치, 우정이라 믿었던 거트루드 스타인, 스콧 피츠제럴드, 에즈라 파운드 시인, 피카소 등 쟁쟁한 예술인들과 교류했다.

헤밍웨이가 새로운 집필구상을 위해 파리 센강을 거닐었다면 송파구 작가들은 한강을 옆에 끼고 석촌호수를 돌며 문학을 이야기했다. 문인들을 우대하는 김성순 송파구청장의 아낌없는 지원도 든든한 배경이 되어 송파문인협회 분위기는 한창 무르익었다.

차범석 희곡작가. 소설가로는 - 이문구, 이청준, 김주영, 정종명, 우선덕, 이태원, 유금호, 〈모닥불〉〈잊혀진 계절〉 등을 작사한 박건호, 드라마 작가 김정수 등 그들로 인해 아름답고 행복한 추억을 선물 받은 나의 40대였다. 공식 행사장에서나 사석에서 한마디씩 실없이 던지는 그들의 한마디 한마디는 모두 금과옥조였다. 우리 후배들은 선배들의 촌철살인급 한마디 한마디를 소중하게 주워 담고 귀동냥으로, 어깨 너머로 문학을 익혔다.

특히 고인이 된 유재용 소설가는 내 인생의 터닝 포인트를 확실하게 다져준 분이다. 당시 TV문학관 〈관계〉의 원작자로 많이 알려졌었는데 송파문인협회 회장을 거쳐 나중에 송파문화원장을 맡으면서 나에게 수필강의를 하도록 길을 열어준 분이다.

1992년쯤 송파문학회에서 처음 뵙고 가락동에 집필실을 마련했다고 해서 축하해드리러 갔었다. 실평수 6평인데 책상 하나에 책꽂이와 2인용 소파가 들어있으니 좁아 보였다.

어찌나 부러웠던지 작가의 작업실로서는 그 정도도 훌륭하다고 생각하다가 나도 그 건물 8층을 샀다. 주변에서는 좀 어이없다는 듯 '소설가들처럼 전업 작가도 아니면서 뭐 대단한 글을 쓰겠다고 집필실을 사들이냐'고 물었다. 빚까지 낸 충동구매였지만 누가 뭐라든 내 삶에서 심장 같은 곳이라는 생각을 했다. 꿈에도 생각하지 못했던 일을 벌이고 꿈같은 곳에서 나는 늘 가슴이 벅찼다.

나의 3번째 수필집에 수록된 「여자의 방은 진화한다」에서 나는 첫 줄을 "나의 심장에 있는 심실에는 방이 하나 더 있다. 꿈을 키우는 방이다. 그 방은 주로 나의 힘든 일상을 먹고 버티며 야심찬 박동소리를 낸다."로 시작하고 있다.

심장에 방을 하나 더 선물하고 나를 살게 한 필연筆緣의 사람들.

이름을 남기고 영원히 떠나거나 추억을 안고 남거나 한 우리들.

'파리는 영원하고 그곳에 살았던 그 모든 것을 간직하면서 추억은 각자에게 서로 다르게 남겨진다.' 마지막 페이지에 헤밍웨이가 남긴 말처럼 문학 안에서 영원한 것들, 필생筆生의 업을 필사적으로 사랑하다 서로의 추억에 빛바랜 꽃처럼 아스라이 남아도 아름답지 않은가.

권남희 |『월간문학』수필 등단(1987년). (사)한국수필가협회 부이사장. 계간 리더스에세이 발행인. 덕성여대, 한국문협 평생교육원. 롯데잠실 목요수필. MBC아카데미 강남 수요수필 강의. 작품집『그래도 다시 쓴다』『목마른 도시』『육감 하이테크』등 7권, 수필선집 2권. 수상: 한국수필문학상. 한국문협작가상. 한국문협백년상 등. E-mail: stepany1218@hanmail.net

인연

최문석

노인들의 사랑은 '측은지심'이라 했던가.

오랜 세월 구석구석 묻어 있는 서로의 몸짓에서 허약한 노인의 모습을 보고 바람만 세게 불어도 날아가 버릴 것 같은 나약함을 발견할 때 우선 살아나는 감정은 불쌍함일 것이다.

나도 요즘 잠자는 아내의 모습을 우연히 내려다보다가 코끝이 찡해지는 것을 느낄 때가 있다.

젊은 나이에 장남인 나에게 시집을 와서 병든 시모를 오랜 기간 시중 드는 동안 나의 육 남매 동생들이 결혼을 마칠 때까지 그 뒷바라지도 만만찮았을 것이다. 그동안 철철이 제사는 좀 많은가. 나의 자식들 사 남매가 커가는 동안 입학식 졸업식에 참석해 본 일이 없는 나를 대신하여 자리를 손색없이 지켜주었으니 어찌 등이 굽지 않으랴. 이제 그들이 모두 가정을 이루어 열 명의 손자들을 두었으니 그간의 뒷바라지도 쉽지 않았을 것이다.

꽤 오래전에 아버님이 타계하신 후 남기신 원고의 일부가 경상대학교 경남문화연구소에서 아천 번역문집으로 발간되었다. 임진왜란 때 의병을 일으킨 나의 15대조 되시는 최균 장군 형제의 사적을 적은 쌍충실기와 고조부의 화산문집 중 가훈 부분을 한글로 번역하여 한문을 모르는 세대를 위하여 남기신 노작이다. 책의 후기도 내가 쓰고 책이 발간된 뒤에 대강 읽어본 일은 있으나 그 원본인 쌍충실기나 화산집을 찾아본 것은 최근의 일이다. 그리고 그 책들의 서문이나 행장들이 모두 아내의 조상들에 의하여 쓰여졌음에 놀랐다. 쌍충실기의 서문은 장인의 육대조 되시는 강고 유심춘 선생이 쓰셨고, 화산집의 행장은 오대조 되시는 낙파 유후조 대감이 쓰셨다. 더욱이 화산집의 행장은 직접 쓰신 글씨가 한문이니 읽을 수가 없다가 최근에 펴본 번역본 낙파집을 보고서야 그 뜻을 알 수가 있었다. 글을 받은 경위야 알 수 없지만 조선들끼리 교류가 있었고 그 마음들의 간절함이 백 년도 더 지난 뒷날의 혼인으로 이어진 것이 아닌가 하여 감격스럽다.

나이가 들수록 살아온 지난 일들을 돌이켜 보면 많은 경험의 시작과 끝이 인연의 소치임을 믿게 된다. 글이나 책의 내용들에는 담겨있는 내용의 시간이 길므로 조상들에 얽힌 사연까지 인연의 의미로 느껴진다. 지난달에 나는 거창의 다천서원으로부터 망기를 받고 가서 면우 곽종석 선생의 제례에 헌관을 하고 온 일이 있다. 진주에서 거창이 가까운 거리는 아닌데 어떤 인연으로 진주의 나에게까지 망기를 보낼 수 있었을까 하는 생각을 하다가 문득 떠오르는 느낌이 있어 내 증조부님의 하정시집을 펼쳐 들었다. 선고께서 쓰신 가장의 내용에 "면우 곽선생께서 부군의 시 몇 수를 듣고 크게 칭찬하였다 한다."라는 구절이 있다. 증조할아버지의 시를 어떤 경로로 해서 면우 선생님이 읽을 수 있었는지는 알 수 없는 바이지만 아버님이 쓰신 가장에서까지 그런 사연을 적었다는 것은 아버님이나 증조할아버지의 마음속에 면우 선생님에 대한 존경심이 얼마나 깊었던가를 읽기에는 충분하다. 그러한 마음들이 후손인 나에게 선생님의 제례에 술을 올리게 한 인연이 되지는 않았을까 싶은 것이다.

누가 나에게 믿고 있는 종교를 묻기에 불교를 믿는다고 답을 했더니 불교는 무엇을 믿느냐고 물었다. 그래서 불교는 인연을 믿는 종교라고 답한 일이 있다. 지금껏 믿음으로써 인연을 느껴왔는데 이제 나이를 먹고 보니 그 인연의 실체가 생활 속으로 파고든다는 사실을 느낄 수가 있다.

옷깃을 스침이 누대의 인연이라는데 오늘 만나 손을 잡고 마주 앉아 차를 마신 사람과는 얼마나 깊은 인연의 소치일까? 하루 동안 만나고 헤어진 사람들의 얼굴을 떠올려보며 그 엄숙한 인연에 옷깃을 여미지 않을 수 없다.

그 인연과 결과가 시간의 차이에만 있는 것도 아니다. 이를테면 오늘 아침 내가 먹은 음식이 내 입으로 초대 받기까지 얼마나 많은 사람들과 관계를 맺었는가. 농사를 지은 사람들의 땀 흘림은 말할 것도 없고 그 재료들을 간수하고 상품화된 음식의 재료들을 내 식탁에 올리기까지 들어간 사람들의 노력을 생각하면 내 공덕으로 입에 넣기가 참으로 부끄러운 것이다. 어찌 음식뿐이랴. 입은 옷이며 생활도구 하나하나가 저 지구의 반대편 사람들부터 가까운 집 식구에 이르기까지 연결되지 않은 것이 없지 않은가? 이처럼 우주의 무한한 망으로 연결되어 그 한 점으로 존재하는 나는 누구일까? 그러면서도 순간순간 변하여 무상한 나는 무엇에 의지하여 나를 지키려 발버둥 치는가? 우리의 삶은 잠시도 머물지 않고 끊임없이 변한다. 그러기에 이로 인해 생겨나는 인도 연도 과도 끊임없이 변한다. 이 무상한 현상을 중생들은 시간적으로 일정기간 혹은 영원히 머물고 있는 자아의 세계라 믿고 있다. 그러기에 불교는 실체 없이 연기하는 무상한 것을 자아로 집착함으로써 괴로움이 생긴다고 말하고 있다.

시간적 공간적 인연의 결과로 생겨난 이 한순간의 너와 나의 만남, 나누는 대화와 같이 마시는 차 한잔의 의미가 얼마나 절실한 것인지 느낄 때, 나는 알아차림의 순간을 가질 수 있으며 그 귀함을 느낄 수 있을 것이다. 차라리 복잡한 생각은 그만두고 시원한 목소리로 뽑아주는 이선희의 〈인연〉이나 한 곡 틀어놓고 아내와 같이 감상하는 것이 나을지도 모르겠다.

최문석 | 『월간문학』 수필 등단(1987년). 경남 고성 출생. 서울대 문리대학 졸업. 한국문인협회, 대표에세이문학회, 경남수필 회장. 진주 삼현여고 이사장. 수상: 영남문학상, 형평문학상. 저서: 수필집 『에세이 첨단과학』 『살아있는 오늘과 풀꽃의 미소』 『최문석 시론』. E-mail: mschoe3@hanmail.net

묵향 墨香

한석근

울산의 서도회가 울산을 비롯한 안동, 밀양, 공주 등지에서 활동하는 서예가들의 작품을 한자리에 전시했다. 이름하여 '2015 제43회 울산 전국 서도회 교류전'을 개최하여 성황을 이루고 있다.

이 교류전은 9일부터 14일까지 문화예술회관 제1~3 전시실에서 6일간 문을 연다. 울산에서 처음 시작한 이번 교류전은 울산서도회장 조동래와 안동서예가협회장 이일권과 공주서우회장과 안동서예협회 김오현과 밀양서도회장 손만현 등 회원 184명이 함께 출품한 연합전시회다. 이번 전시회는 미협, 시협 서도가 만나는 '먹'과 '붓'을 한 가지 뜻으로 두고 전국에서 모인 전시라 그 의미가 매우 깊게 느껴진다.

출품한 작품들의 내용은 한글과 한문으로, 많은 시간 동안 수련을 쌓은 듯 훌륭한 작품들이 선을 보였다. 채근담, 한중우서, 고전명언, 명시, 시조 등의 서예작품과 고운 색감으로 사군자도 내걸렸다. 특히 글자를 새롭게 해석한 서각과 서예의 궁체, 행서, 전서가 보였다. 전통서체와 창작서체를 두루 감상할 수 있어서 눈이 즐겁다.

출품한 각 지역의 가르침과 계파가 다르고, 서예의 흐름을 비교, 감상해 볼 기회이기도 하다.

울산 서도회는 1972년 울산서도연구원에서 출발하여 43년의 세월을 넘겼다. 그동안 수많은 서예가가 서예교실, 서도학원에서 배출되었다. 서예를 지도하는 학원이나 모임이 울산에서도 수십 군데에 이른다.

서예의 길은 그리 순탄치만은 않다. 먹을 갈아서 붓글을 쓰는 방식은 같으나 동양 3국에서 모두 그 이름을 다르게 부른다. 한국은 서예, 중국은 서법, 일본은 서도라고 한다. 전해져오는 말에 의하면 3국 가운데 먹의 최상품은 한국의 울산 태화동에서 만든 것이라 한다. 아쉽게도 지금은 태화동 먹집이 다른 곳으로 옮겨 가서 명성의 명맥이 끊어진 상태다. 지금 울산에서 중요 무형 문화재로 지정받은 소림산방 심종춘이 제공한 옛 기록에 의하면 최초의 먹 생산은 고려의 것이 최상품이었지만 중국으로 흘러 들어가서 그 명성을 빼앗겼다고 한다.

고려세공송연묵용다년노송연화미각교조성
高麗歲貢松煙墨用多年老松煙和麋角膠造成

41
한석근

지당말묵공해초여기자정규자역수도강천거

至當末墨工奚超興其子廷珪自易水渡江遷居

흡주남당사성이씨정규지묵시집대성연상용

歙州南唐賜姓李氏廷珪之墨始集大成然尚用

원元나라 도종의陶宗儀의 수필집 『철경록輟耕錄』에 있는 글이다.
국역하면

    고려시대 송연 먹은 오래된 노송의 관솔(속명)연과 순록(사슴)의 아
교를 섞어 만들었다. 당나라 말기에 먹장인 해초와 그의 아들 정규는
역수로부터 강을 건너 흡주에 옮겨 살았다. 남당 때에 이씨 성을 하사
받아 이정규의 먹으로 비로소 집대성해 그 시대에 항상 송연 먹을 사
용했다.

고려 도경에는 다음과 같은 기록이 또 있다.

고려송연묵귀맹주자연색혼이교소잉다사석

高麗松煙墨貴猛州者然色昏而膠少仍多沙石

고려 송연 먹은 맹주 것을 귀하게 여겼다. 색은 검고 맑아 아교가 적
은 반면에 사석이 많았다는 기록이다.

이같이 오늘날 동양 3국에서 제일가는 먹은 고려의 것이었고 고려 사람이 이주해 살며 더 좋은 먹을 만들었다.

우리나라 중요 무형 문화재(붓)로 지정된 김종춘은 울산시 옥교동에서 문을 열고 귀중한 민족의 전통문화유산을 보존 전수하려고 애쓰고 있다. 그의 말에 의하면 먹장산은 치술령 한가운데 있으나 치술령 산세에 가려져 그곳의 산 이름이 지방사람들에게도 잘 알려져 있지 않다고 했다.

동국여지승람에 경주의 남쪽 30리에 있으며, 치술령은 부남 36리에 있다고 했다. 지도상으로 두동명 상월평 동쪽 해발 772m의 가장 높은 곳이 먹장산이다. 치술령은 그 남쪽으로 발달한 765m이다. 이 산의 동쪽이 외동읍이다. 외동읍 쪽은 '호혈' 굴이 있고 굴속은 장정 30여 명이 은거할 수 있다.

산 이름 '먹장'은 석탄광과 관계가 있다. 장은 구들장, 누룩장의 장자로 먹장은 구들장 같은 검은 돌을 지칭하는 어원이다. 지난날 월평과 봉계 일원을 먹장이라 부르다가 경주 남면이었을 때는 상먹장, 하먹장이라고도 했다. 이 산 아래 동네를 '먹정' 마을이라 부른다. 상월평에는 먹장골이 있었으나 일정 때 갈탄을 채굴하다가 경제성이 없어 폐광되었다. 과거 이곳에서 먹을 만들었으므로 먹장골로 불리기도 했다. 산 아래 삽다리 못은 못 이전에 질 좋은 먹을 생산했던 곳으로 전해지고 있다. 그 먹이 태화동으로 이어진 게 아닌가 싶다.

넓은 전시실을 다 돌아보고 뒤돌아서는 발길이 가볍다. 수백 점 전시된 서림書林에서 풍겨 나오는 묵향이 머리를 맑게 하고, 몸과 마음의 피로를 씻고 안정을 되찾게 해준다.

한석근 | 『월간문학』 수필 등단(1988년), 시 등단. 대표에세이문학회, 경남수필문학회, 울산시인협회장, 처용수필문학회장 역임. 수상: 동포문학상, 펜문학상, 영호남수필문학상. 저서: 수필집 『봄버들연가』 등 12권, 시집 『문화유적답사시』. E-mail: syuirun@gmail.com

참새 둥지 볕 드는 날

고재동

　　발자취에 놀란 장끼 한 마리가 한 발짝 옆에서 '푸드득' 땅을 힘차게 밀어 올리며 하늘 향해 난다. 주춤 멈췄다가 허공 가르는 그를 머쓱하게 쳐다보았다.

　　그는 나보다 훨씬 더 놀랐을 게다. 괜히 꿩한테 미안한 생각이 든다. 그도 매일 내가 닭장 가는 길섶인지 모르고 잠시 쉼을 했을 테고, 나 역시 꿩이 집 가까이까지 와서 넋 놓고 있을 줄 미처 몰랐다.

　　다시 돌아오지 않을, 꿩이 앉았던 자리의 풀은 잠시 누웠고 그의 체취와 체온은 고스란히 남겨 두었다. 그 풀은 조금도 억울한 표정을 짓지 않았다. 서서히 일어나면 키재기에서 절대 뒤지지 않을 자신이 있으니까.

꿩과 풀의 관계는 예사롭지 않다. 우연히 꿩이 와서 앉은 게 아니란 이야기다. 거슬러 올라가면 꿩의 조상과 풀의 시초가 인연을 맺고 있을지도 모른다는 생각이 든다.

우연이란 흔치 않다. 언제 어디서 만날 것이란 필연을 가장하고 있을 뿐이다. 우연히 꿩이 풀밭에 앉았을 거로 생각하지만 필연적으로 그곳에 앉을 수밖에 없었을 거라는 사실을 부정할 방법도 없다.

꿩은 텃새라서 인간과 친숙하다. 그렇다고 사람이 사는 집 근처에서 둥지를 틀지는 않는다. 참새와 달리 예민한 성격을 지녀 사육하기는 닭보다 엄청 어렵다. 야생 꿩과 사육한 꿩의 생김새도 다르다. 마침내 순한 꿩으로 길들여 사람들 곁에 두기에 이르렀다.

야생 어미 까투리를 울타리 안에 가둬 두면 먹이도 먹지 않고 최후를 맞이하고 만다. 어미 다람쥐처럼.

꿩이 특히 좋아하는 먹이는 콩이다. 그뿐만 아니라 논둑과 밭에 콩을 심어 떡잎이 올라오면 꿩이 와서 여지없이 쏙쏙 뽑아 먹는 바람에 농사를 망치기 일쑤였다.

농가에서 꿩을 유해조류로 분류하여 콩에 독약을 넣어 퇴치하기도 했다. 또한 그 꿩은 훌륭한 인간의 먹을거리였다.

유년 시절, 소 먹이러 산에 갔다가 꿩 알을 주우면 그날은 횡재한 날이었다. 꿩 알에 콩가루를 풀어 찜하면 제일의 반찬이었으니까.

오늘처럼 꿩을 가까이에서 보는 것은 물론 그의 개체 수가 줄어들어

인간과 점점 멀어져 가는 동물로 분류된 후 시골에 와서 상면한 것이
처음 아닌가 싶다.

그런데 오늘 우리 집까지 찾아왔던 꿩과의 인연 또한 예사롭지 않다
는 생각을 해 본다. 300년쯤 거슬러 올라가서 우리 10대 조 할아버지와
꿩의 100대 조 할아버지는 만난 적 있던 사이였지 않을까 미루어 짐작
해 본다.

다가서는 산의 몸살이었나

땅속으로
기어 다니면서
키를 젤 순 없어
서럽게 우는 넌,
그 울분 움으로 밀어낸다

비지땀 흘린 산아
우담愚潭에 빠진
거꾸로 가는 세월아
누운 죽순 앞에
배례하는 푸른 오월이여

해 질 녘

죽순처럼 다시 서다

　－「죽순, 눕다」

닭에게 늦은 모이를 주고 돌아와도 집은 휑하다. 오늘 아침까지만 해
도 아이들과 손주들이 들썩였는데…. 서울 쪽 두 아이들은 문경새재를
거쳐 상경하고, 큰딸 아이네와 아내는 그곳 관광을 마치고 다시 집으
로 돌아오는 중이라는 전갈이다.

상주에 탁구회 일로 먼저 떠난 내게도 문경새재 관광을 같이하자는
요청이 있었으나 일행이 있어 여의치 않았다. 집에 먼저 당도한 나는
모자라는 잠을 보충하기 위해 어젯밤부터 밀려난 사랑채 황토방에 들
었다.

참새 한 마리가 추녀 끝 전깃줄에 앉아 나를 반긴다. 기와지붕 밑에
둥지를 튼 참새가 틀림없다.

"얘, 너도 혼자니?"

'째째쩍. 보면 몰라요? 아이들과 아내는 나들이 가고 집 지키는 신세
가 됐지 뭐예요.'

"어쩌다가 우리가 이처럼 뒷방 늙은이가 된 거니?"

'체력이 문제지요. 아저씨는 젊은 사람 따라갈 수 있어요?'

"하긴. 그렇지만 나도 한때는 잘 나가는 시절이 있었지. 지금은 나이

가 들다 보니 그들에게 민폐가 되지 싶어."

'저도 마찬가지예요. 아이들과 아내를 따라다니면 숨이 턱에 닿아요. 그래서 제가 자청해서 집이나 지키는 거예요.'

참새는 '째째쩍' 연신 대꾸를 한다.

"배고프진 않아?"

'가까운 곳에 가서 조금 주워 먹긴 했어요. 하지만 이곳엔 맛난 먹이가 없어요. 아이들 따라 멀리 가면 세상 구경도 하고 맛난 먹이도 먹을 수 있는데…. 아저씬요?'

"나도 그냥저냥 먹었단다."

'우린 서로가 닮은꼴 같아요?'

"글쎄? 그런 것 같기도 하고…. 왠지 나도 너희가 낯이 익는구나."

'처음 아저씨 집에 올 때 아는 사람 같았어요. 무섭지도 않았어요. 그래서 자연스럽게 이 기와지붕 밑에 둥지를 틀고 아이들을 낳아 길렀지요.'

"전생에 우리가 형제였을까?"

'그건 잘 모르고요. 아무튼 예사 사이는 아닌 것 같아요.'

우리의 할아버지의 할아버지와 참새의 할아버지의 할아버지의 할아버지와 연줄이 닿아 있을지도 모른다는 생각이 든다. 우리가 최소한 300년 전부터 이곳에서 살았다면 저 참새의 조상들도 이곳 주변에서 쭉 살아오는 동안 할아버지와 같은 집에서 둥지 틀고 살았을지도 모를 일이다. 아니 분명 그럴 것 같다는 확신이 든다.

아까 만났던 꿩도 분명 우리와 비슷한 처지에 우리와 별난 인연을 맺고 있을 것이다.

잠결에 큰손자의 진지 잡수라는 소리가 들렸다. 대구로 떠나야 하는 아이들을 위해 이른 저녁상이 차려진 모양이다.

내게 와준 아이들, 손주들도 예사 인연이 아니다. 그들도 삼라만상과 보이지 않는 연결 고리로 탄탄하게 엮여 있지 않을까?

저녁까지 마친 큰딸 아이네가 떠나면서 한 마디 툭 던진다.

"다음 번에는 아빠 쉬는 날 올 테니 함께 나들이 가요."

'그래. 너희가 이 아버지의 삶의 원동력이고 살아가는 이유란다.'

휘리리릭~

동구 밖에서 참새 네댓 마리 날아든다. 참새 가족의 귀갓길인가 보다. 맨 뒤에서 꽁무니 무는 그가 아내 참새인 듯, 사랑채 추녀 끝 즈음에서 하루의 마침표를 콕 찍는다.

고재동 | 『월간문학』 수필 등단(1988년). 현재 한국문인협회 안동지부 회장. 펜클럽 한국본부 경북위원회 사무국장. 한국수필가협회 회원. 시집 『바람난 매화』 『바람색 하늘』, 산문집 『간 큰 여자』.

참새는 맨발로 난다

고재동

참새는 높이 날지 않는다. 한꺼번에 멀리 날지도 않는다. 목적지가 먼 곳일 때는 나눠서 그곳을 가며 안전 운행한다. 서두르지도 않는다. 항상 여유있게 가다가 길가에 내려앉아 '콩콩콩' 뛰면서 눈알 굴려 주위를 살핀다. 할아버지 참새한테 배운 대로 먹잇감이 있나, 적이 공격하지나 않을까 항상 사방을 경계한다.

참새가 하늘을 쳐다보고 날지 않고 땅을 내려다보며 나는 이유는 겸손을 알며, 낮은 자세로 살아가는 방법을 터득했기 때문이다. 또한, 공중에서 나는 먹잇감을 낚기보다는 땅 위에서 꿈틀거리는 벌레들에 관심이 많아서다.

우리는 참새한테서 지혜를 배울 때이다. 오르지 못할 나무는 쳐다보지 말며 분수에 맞게 서두르지 말고 천천히 갈 길 가야겠다.

제비는 날렵한 몸매에 긴 날개를 접고 있으므로 무한한 거리를 날 수 있어 참새와 비교된다. 요즘 들어 제비 보기가 쉽지 않지만 먼 여행에 앞서 몸만들기와 영양 섭취에 매진할 때 이곳 선돌길 언덕으로 날아든다. 전깃줄에 나란히 앉아 쉬기도 하다가 공중 곡예 동작으로 고추잠자리와 하루살이로 배를 채운다.

참새는 제비가 부러워질 수도 있지만 분수에 맞게 산다. 어쩌다가 늦잠 자는 고추잠자리 한 마리 낚는 날은 횡재한 걸 기뻐하며 새끼들과 나눠 식사한다. 참새는 벌레들을 잡기도 하지만 알곡을 좋아하는 만큼 가을걷이가 끝나고 나면 방앗간을 자주 간다.

참새가 처음 인간 곁에 올 때는 날개가 짧지 않았다. 농경 사회였던 우리 조상들은 참새와 인연 맺는 게 달갑지는 않았지만, 어쩔 수 없이 대대로 가까이에서 같이 살며 친숙한 사이가 되었다.

참새는 농민이 지어놓은 곡식을 훔치기도 하지만, 벌레를 잡아 주기도 하면서 인간 주위를 맴돌다 보니까 깊은 산속 맹수들에 관심 두지 않았다. 텃새로 자리매김하면서 긴 날개를 차츰 퇴화시켜 오늘에 이르렀다.

제비처럼 태평양을 건너왔다 갔다 하면서 철새로 사느니 추위와 더위에도 적응하며 텃새로 사는 삶이 훨씬 낫다는 결론 내린 게 이미 오래다.

태국 황실 마당에서 관광객과 가까이하는 참새는 더위에 익숙하며 세계 여러 인종과도 잘 사귄다. 우리나라 참새는 사계절을 나며 빨리 적응하지만 추위에 가장 민감하다. 최근 혹독한 추위에 겨울을 못 넘기는 참새도 본 적 있다.

참새는 수억 년, 아니 수십억 년 지구에 살면서 종족 번식에 가장 성공한 새이다. 모든 동물이 환경적인 요인으로 개체 수가 급격히 줄어들지만 유일하게 참새만 엇비슷 마릿수를 유지한다. 지구에 인간보다 먼저 오지는 않았지만 우리와 오래도록 같이 가는 새가 참새가 아닌가 한다.

인류와 삼라만상에 아부하는 법은 몰라도 친화력과 적응력으로 그들에게 바싹 다가선다. 참새는 이처럼 영리한 새이다.

먹는 꽃이라며
그녀가 준 꽃씨 서너 알
화단에 심었다

잡초로 알고
사정없이
도려내 버린 아내

깊숙이, 깊숙이 심어 놓은

53
고재동

한 떨기 한련화

꽃 핀 건 비밀

--「한련화, 내 뜰에 핀」

째째쩍, 째째쩍.

내가 사랑채에 든 걸 어찌 알고 참새가 늦잠 자는 문을 두들긴다.

"얘, 너 참새로구나. 내가 여기 있는 걸 어떻게 알았어?"

'그걸 왜 몰라요? 어제 밤늦게 아주머니와 말다툼하고 건너오셨잖아요. 메롱. 안방에서 쫓겨났죠?'

"그럴 턱이 있나? 나 스스로 큰 싸움이 되기 전에 자리를 피한 거지."

'왜 싸우셨어요? 잉꼬부부 아니었어요?'

"그렇지도 않아. 싸운 것까진 네가 알 필요 없고…. 자주 마을 다니는 걸 나무란다고 괜히 말꼬리 물며 시비를 거네…."

'아저씨가 좀 참지 그랬어요?'

"그래서 이곳으로 피신 온 것 아니니? 이젠 힘이 없어. 나도 늙었나봐."

'아니에요. 아저씬 아직 일도 하시고, 가장 역할을 충분히 하고 계셔요. 힘내세요.'

"너도 집을 잘 보고 있잖아? 역할 분담이란 게 있으니까 그 자리에서 충실하면 되는 거긴 하지."

'맞아요. 아이들은 나를 뒷방 늙은이 취급하며 잘 데리고 다니지도 않지만, 아직 저도 건재하거든요.'

"옳아. 나도 쉽사리 날개를 접고 싶지는 않단다."

'아저씨, 일어나셔서 식사도 하고 기운 차리세요.'

여기서 완전히 날개를 접으면 지고 만다. 아내를 이기자는 것이 아니고, 이 치열한 세상과 맞서서 아직은 가고 싶다. 젊은이와 대적하자는 것도 아니고, 참새처럼 분수를 알고 낮은 곳 적재적소에서 알맞은 쓰임새를 찾자는 것이다. 그렇다고 마지막 남은 알량한 자존심 하나까지 다 내어주고 싶지는 않다. 그 상대가 아내이든 이 험난한 세상이든 말이다.

안채에 들르지 않고, 미처 준비 못 해 양말도 신지 않은 채 일터에 나섰다. 서너 끼 정도 굶으면 어떠랴?

속 좁은 사람이라고 참새가 놀린다고 해도 너이면 괜찮다. 네가 나를 닮으려 하고, 내가 너를 배우려 한다면 아니 가고 배기겠는가?

제비가 나란히 앉던 전깃줄에 참새 세 마리 앉았다. 촌수를 가늠해 본다. 한 마리가 짝 등을 타고 넘으며 묘기 수준의 애정 행각을 펼친다. 참새들의 찬란한 아침이다.

일을 마치고도 사랑채에 들었다. 허기도 잊었다.

흙벽은 두텁다. 안과 밖의 공기는 아직도 냉랭하다.

벽은 큰 태풍에도 무너지지만 예상치 않은 적요寂寥와 작은 울림에도

55
고재동

허물어진다.

며칠 전에 다녀간 대구에 사는 큰딸 아이네가 온다는 연락이 왔다. 하는 수 없이 사랑채 문은 열렸다.

전깃줄에 참새 네 마리 앉았다. 화기애애하다. 참새는 닭과 토끼처럼 아무데서나 애정 행위를 하지는 않지만, 부모 앞에서나 자식 앞에서도 애정 행각은 펼친다.

장마 기간인데도 볕이 좋다. 사랑채에도 참새 둥지에도 모처럼 볕이 들었다.

고재동 | 『월간문학』 수필 등단(1988년). 현재 한국문인협회 안동지부 회장. 펜클럽 한국본부 경북위원회 사무국장. 한국수필가협회 회원. 시집 『바람난 매화』 『바람색 하늘』, 산문집 『간 큰 여자』.
E-mail: kjd551225@naver.com

한겨울 아꼈더니

인보 윤주흥

한낮에 내칠 것을 꽃 한 송이 없는 가지
그것도 정이라고 한겨울을 아꼈더니
저것 봐 홍매 한 송이 설산雪山을 마주했네.

　해마다 집 떠난 아들을 기다리는 심정으로 화분에 기르는 매화의 향기이다. 이 매화를 내 가속에 입적시키게 된 연유는 이러하다.

　원예에 조예가 깊은 친구가 먼저 단풍나무 분재를 가져다준 것을 과보호한 탓으로 타경他境으로 보낸 후다. 마음 둘 곳 몰라 하는 나에게 다가온 친구는 단풍보다 더 어려울 것이라며 권유보다 먼저 숨을 놓으면서까지 '매화에 물을 주어라' 유언을 남겼다는 퇴계의 매화 사랑에 대한 감화보다 내 욕심이 앞질러 매화를 덥석 받아 품은 것이 오늘의 인연으로 자리 잡게 된 것이 참 오래다. 인연의 깊이만큼 세월이 흘러 20년도 넘어 오늘까지 살펴온 터이다.

어쩐지 그 소문이 세월에 묻혀 매향만큼이나 퍼져 몇몇 분들이 어떻게 기르느냐 물어오지만 명확히 방법을 제시하지는 못한다. 묻고 또 되물어오면 한마디로 그대로 자라게 놓아두라고 할 뿐이다. 그리고 나는 가을에 퇴비堆肥를 흠뻑 얹혀 준 다음 잎이 지고 난 후 되도록 빠르고 취향에 맞게 가지를 쳐주는데 조심스럽게 다듬어주는 것이 고작이라 이른다.

지난해다. 꽃도 피지 못할 것 같은 긴 가지가 기세 좋게 뻗어 있다. 철들기 전의 나 같기도 하고 열악한 화분 위에 자라준 그 소의가 가상해서 망설이다가 한겨울 아껴 두고 보기로 했다.

한데 소용이 없을 것 같았던 그 가지 끝에 이른 봄 홍매 봉우리 하나가 믿어준 보은의 미소로 봄눈을 맞으며 매달려 있지 않은가! 왕따시키지 않고 믿어주어서 고맙다는 듯이 말이다. 가슴이 뿌듯이 다시 한번 매화의 매력에 사로잡힌다. 심오한 삶의 이치도 깨우치듯 세상에 무용지용無用之用의 이치를 읽으시던 옛 약장 앞에 돋보기 할아버지의 모습이 장자莊子의 두건을 쓴 모습으로 매꽃 위에 얼비친다.

"묘하게도 가꾸는 사람의 성품을 닮는 것이 매화여"
"진정 매화는 달같이 가슴에 품는 것이여!"

욕심을 채우는 그런 소유의 개념을 벗어난 도인의 경지로 점지된 심성 위에 심어지는 만남의 인연이라는 엄청난 의미를 부여한다.

어느 경에 보면 궁휼窮恤이란 말이 있다. 할아버지의 내리사랑 같은 의미를 지닌 말이라면 입적된 가속으로 여겨 자상화한 인격적인 품위를 지닌 사군자로 으뜸 자리에 알맞은 매화로 양육하란 뜻일 거다.

그래서 장반에 기른 홍매紅梅다음으로 한난寒蘭한촉 옆에 국화菊花 한 그루 그리고 오죽烏竹을 시대에 어울리지 않게 진열해 놓고 오히려 혼자서 자랑스러워하는 희열. 기뻐할 수 있는 인연을 준 친구에게 감사한다.

윤주홍 | 『월간문학』 수필 등단(1990년). 국제PEN클럽 회원. 한국수필가협회 이사. 기독교수필문학회 부회장. 대표에세이 전국회장 역임. 수상: 펜문학상, 동포문학상, 한국수필문학대상, 장로문학상, 서울시민대상. 저서: 수필집 『어느 달동네 의사의 작은 소망』 『낙조에 던진 사유의 그물』, 시조집 『포구 가는 길』 등. E-mail: lnbo34@naver.com

다리 위의 미소년

이은영

　　우리 부부는 딸과 손녀딸 두 명과 다섯 명이 러시아 여행을 했다. 모스크바에서 이틀 여행을 하고 상트페테르부르크에 갔다.

　　오전에 아름다운 여름궁전 정원을 산책하고 궁전 내부를 구경하고서 유람선을 탔다.

　　강폭이 그리 넓지 않은 네바강은 500개의 다리가 있다고 한다. 그 다리들이 모두 똑같은 모양으로 앞쪽에 줄줄이 전개되어 있었다.

　　배가 신호하며 움직이자 앞에 보이는 첫 번째 다리 위 한가운데에 하얀색 티셔츠를 입은 소년이 나타나더니 손을 열심히 흔든다. 우리를 바라보며 흔드는 것 같아서 우리도 답례로 손을 흔들어 주었다.

　　으레 여행을 하다 보면 현지인이나 여행자들이 배를 타거나 버스를 탈 때에 반갑다는 신호로 손을 흔들어주지 않았던가. 그런 스쳐 가는 인연인 줄 알았다.

다리 하나를 지나고 멀리에 있던 다음 다리에 배가 도착할 무렵 소년은 다리 오른쪽에서 서서히 무대에 등장하듯 가운데로 나타나 또 손을 흔들고 있다.

"아니, 그 소년이 맞아? 우리 배를 따라왔나 봐."

우리는 큰 소리로 환호하고 반가워하며 손을 흔들다가 사랑한다는 표시로 팔을 올려 하트도 보내 주었다. 그도 그 표현을 아는지 똑같은 모습으로 답해준다.

다음 다리로 향해 유람선이 떠나갈 때도 우린 그 소년에게서 눈을 뗄 수가 없었다.

그 소년은 우리에게 마치

"강변을 달려 너에게로 가고 있어."

하고 말하듯 우리의 눈빛을 향해 손을 흔들어 주었다.

다리와 다리 사이가 너무 멀었다. 그 소년이 힘들어 지친 것 같았다. 흐르는 땀이 이마와 옷을 적시나 보다.

우리도 같이 지친 소년의 마음이 되어 안타까웠다.

"힘내라, 힘내라. 애고! 어떡해…."

우린 응원하였다. 정말 지쳤는지 이젠 걷고 있다. 비틀비틀 쓰러질 것만 같다. 그래도 다음 다리가 가까워지자 소년은 다시 힘을 내었다.

어김없이 눈앞의 다리 오른쪽에서 등장하여 다리 가운데 와서 손을 흔드는 소년의 모습은 감동적이었다. 우리 일행은 까무러치듯 큰 소리를 질러대었고 멋진 아저씨는 커다랗게 휘파람을 불어 환호했다.

마치 나 때문에, 그 소년은 나를 보기 위해 달려온 듯 각자 모두 착각에 빠졌고 연민으로 가슴이 저려왔다.

그런데 소년이 없어졌다. 우리 모두는 두리번거리며 소년을 찾았고 보이지 않아 잠시의 이별에 허탈했다.

그 소년은 고아인데 세계 권투선수가 꿈이라고 한다. 그는 강가에서 체력을 단련하며 유람선 관광이 끝날 무렵 다시 나타난다고 했다.

일행 중 멋진 아저씨가 "우리가 팁을 좀 줍시다." 하고 말했고 소년도 팁을 주면 받는다고 가이드가 말해줬다.

내 딸이 동병상련을 느꼈는지 눈시울을 붉혔다. 아마 곧 대학교에 가야하고 자립을 해야 할 때가 된 딸을 떠올리며 지금 눈앞에서 달리고 있는 고아 소년의 힘겨운 삶이 겹쳐졌기 때문이리라.

만남, 이별, 사랑, 꿈, 기다림, 노력, 성공 등…. 우리에게 많은 단어를 떠올리게 하던 소년은 유람선의 강 끝자락에서 다리 3개 정도 남겨놓고 다시 반갑게 나타났고 다리가 나타날 때마다 그 소년은 다시 무대에 서듯 다리 가운데로 와서 손을 흔들어 주었다.

배에서 내려 가까이에서 얼굴을 대하니 아름다운 미소년이어서 더욱 정이 들었다. 우리 일행은 모두 정성 모아 팁을 주고 악수도 하고 사진도 함께 찍었다.

그 후로도 오랫동안 여운을 남기며 손을 흔들던 모습이 마음에 남아 잊혀지지 않았다.

한바탕 꿈속에서 소녀 시절로 돌아가 아름답고 슬픈 사랑을 하고 깨어난 것만 같았다.

이은영 │ 『월간문학』 수필 등단(1990년), 『문파문학』 시 등단(2012년). 수상: 서울찬가 최우수상 (1990), 동포문학상, 김소월문학상 본상. 저서: 수필집 『이제 떠나기엔 늦었다』, 시집 『꽃밭에서 별을 헤며』 등. E-mail: 3050rose@hanmail.net

가족의 의미

김사연

2015년 10월 13일자 동아일보에 어깨동무하며 활짝 웃는 40대 자매의 사진이 실렸다. 그들은 한국에서 태어난 이복자매로 어릴 때 따로 미국에 입양되었다.

하지만 자매는 39년 후 미국 플로리다주 새러소타의 닥터스 병원 외과병원 4층에서 근무하던 중 해후했다.

그들 자매 중 언니 신복남 씨는 일찍 모친을 여의었고, 동생 은숙 씨는 아버지가 재혼한 새엄마에게서 태어난 배다른 자매다. 새엄마는 친딸 은숙 씨를 보육원에 맡긴 후 야반도주했고 복남 씨는 술로 세월을 보내던 아버지가 기차에 치어 숨지자 다른 보육원에 맡겨졌다.

그 후 은숙 씨는 5세 때인 1976년에 뉴욕주 킹스턴으로, 복남 씨는 9

64

세 때인 1978년에 버지니아주 알렉산더로 입양되었다. 그렇게 그들 자매는 미국의 하늘 아래서 숨을 쉬게 되었다. 그들 자매가 사는 집은 광활한 미국의 대륙에서는 옆집이나 다름없는, 불과 500km밖에 떨어지지 않은 곳에 있었다.

언니인 복남 씨는 희미한 기억 속 어렴풋이 떠오르는 여동생을 찾기 위해 양부모와 함께 한국의 보육원을 백방으로 수소문해 보았지만 아무런 소득이 없었다.

정성이 하늘에 닿아서일까. 비록 이복자매이지만 아버지의 피를 나눈 가족의 연緣은 기적을 이뤘다. 신기하게도 이들 자매는 똑같이 간호조무사의 길을 택했다. 자격증을 딴 자매는 서로 다른 재활병원에서 근무하다가 언니는 1월에, 동생은 3월에 닥터스 병원 4층 외과병동 한곳으로 근무지를 옮겼다.

같은 동양인이라는 이유도 있었지만 무언가 마음이 끌리는 두 사람은 점심 식사도 함께하는 등 자주 어울렸다. 서로의 과거를 이야기하며 자기들의 성이 신 씨라는 사실을 안 그들은 혹시나 싶어 DNA 검사를 의뢰했다. 놀랍게도 결과는 부친이 같은 이복자매로 나왔다. 이들은 배다른 자매이기에 얼굴이 각각 엄마를 닮아 지금까지 가족이라는 사실을 몰랐던 것이다.

반면에 얼굴이 신기할 정도로 닮아 SNS 화면만으로도 가족임을 금방 알아차린 쌍둥이 자매도 있었다.

2015년 부산국제영화제에서 상영된 바 있는 〈트윈스터즈〉는 부산에서 태어난 쌍둥이 자매가 생후 3개월에 프랑스와 미국으로 각각 입양된 후 25년 만에 기적적으로 상봉한 내용의 영화다.

미국 국적의 '푸터먼'은 할리우드에서 영화배우로, 프랑스 국적의 '보르디에'는 패션디자이너로 활동하고 있다. '보르디에'는 SNS를 통해 본 '푸터먼'이 자신과 얼굴과 굉장히 닮았다는 사실에 관심을 갖게 된다.

신상 정보를 확인한 결과 상대가 자신과 같은 1987년 11월 19일에 태어났으며 입양이라는 사실을 알고 페이스북으로 연락을 시작했다. 그들은 DNA 검사를 한 결과 쌍둥이 자매라는 사실을 확인하였다.

첫 상봉의 순간, 너무도 닮은 외모에 그들은 "신기하다!"는 감탄사와 웃음만 터트릴 뿐이었다. 두 자매는 가족의 뿌리인 친부모를 찾기 위해 한국의 입양기관을 통해 출생의 비밀을 수소문했고 관계자로부터 생모를 찾았다는 반가운 소식을 전해 들었다. 그러나 출산 당시 미혼모였던 생모는 입양은커녕 출산 사실조차 없다며 상봉을 거절했다.

두 자매는 실 같은 희망을 안고 조국을 방문했지만 끝내 생모를 만나지 못한 채 각자의 현실로 돌아가야 했다. 아마도 미혼모라는 사실을 숨긴 채 새로운 인생을 시작한 생모는 딸들의 방문 사실을 TV 방송 화면을 통해 바라보며 하염없이 눈물을 흘렸을 것이다.

간혹 시골에 거주하는 노모와 입양 간 딸이 상봉하는 경우도 있다. 시청자들은 자식을 버린 모진 모정에 무슨 미련이 있어 태평양과 대서

양을 건너 먼 길을 찾아왔냐며 비분강개悲憤慷慨한다.

이것도 잠시, 당시엔 먹고 살기 힘든 시절이어서 자식을 굶겨 죽이지 않기 위해 임시로 보육원에 맡길 수밖에 없었고 훗날 다시 찾아오겠노라 다짐했지만 바쁘게 살다보니 외국으로 입양된 줄도 몰랐다는 변명 아닌 하소연에 시청자들은 주인공 모녀와 하나가 되어 눈시울을 적신다.

남과 북의 이산가족이 눈물의 상봉을 마친 후 다시 현실로 돌아가듯이 입양 간 자식들은 애타게 그리던 생모를 남겨둔 채 양부모의 곁으로 돌아간다. 그들의 신변에 변화가 없는데도 굳이 생모를 찾는 이유는 무엇일까.

구정과 추석 연휴를 맞아 우리는 끝없는 고속도로의 차량 정체를 무릅쓰고 고향을 찾아 민족 대이동 길에 나선다. 아마도 자신의 뿌리와 가족의 정체성을 확인하기 위해서일 것이다.

불행하게도 이들의 대열에 동참할 수 없는 이들도 있다. 어느 노부부는 10년 전 외아들을 미국의 대학에 유학 보낸 후 그동안 겨우 세 번 만나보았다며 눈물짓는다. 그 눈물은 영면에 드는 마지막 순간만이라도 자식의 손을 잡고 싶다는 애틋한 바람이리라.

짧은 한 평생을 살며 가족이 함께 하는 시간은 길지 않다. 자식을 오래 품고 싶어도 나이가 차면 군대를 다녀와야 하고 결혼하면 독립된 가정을 꾸미기 위해 둥지를 떠나야 한다. 가족으로 동고동락하는 세월

67

김사연

은 고작 초·중·고·대학생 시절뿐이다.

나는 늦둥이 딸을 강원도에 소재한 민족사관고등학교 기숙사에 보낸 후 회한에 잠기곤 했다. 딸과 내가 가족이란 울타리에서 지닐 수 있는 세월은 겨우 인생의 삼분지 일뿐인데 고등학교에 이어 대학까지 먼 곳으로 유학을 보내면 그나마도 기간이 단축되기 때문이다.

지방이라도 국내에 거주할 때는 급한 일이 생기면 한밤중이라도 차를 몰고 딸 곁으로 달려갈 수 있었지만 미국으로 유학을 떠난 지금은 공부에 지쳐 몸살로 앓아누워 있다는 소식을 들어도 가슴만 쓸어내릴 뿐 부모의 도리를 제대로 하지 못함을 아쉬워하고 있다.

올해 미국에서 대학을 졸업한 막내딸은 시카고대학 대학원에 장학생으로 합격해 9월이면 또 다시 별리의 아쉬움을 나눠야 한다. 딸은 한 술 더 떠 결혼 후 미국에서 영원히 자리 잡을지도 모른다며 철렁 내려앉은 가슴에 대못을 박는다. 아마도 지금부터 딸과의 이별 연습을 하라고 내게 암시하는 듯하다.

조기 유학을 보내느라 어린 자식과의 생이별은 둘째 치고 부부가 기러기 가족으로 지내다가 가정이 파탄하는 이웃들을 볼 때마다 '진정한 가족의 행복이란 무엇일까.'라는 더 깊은 고뇌와 번민에 잠긴다. 비록 내 딸은 외국에 있어도 아내는 곁에 있고 두 아들은 서울의 하늘 아래 살고 있음을 감사히 여기고 있다.

그동안 6대조(현조玄祖) 조상과 6·25전쟁 때 학도병으로 순직한 삼촌의 차례를 구정과 추석에 모셔 왔지만 겨울방학을 맞아 귀국한 막내딸이 출국하기 전 온 가족과 자리를 함께하도록 구정이 아닌 신정에 차례를 지내고 있다.

차례를 지내고 썰물처럼 사라진 아들과 손녀들의 여운을 벽에 걸린 가족사진으로 달래본다. 어린 시절처럼 즐거워야 할 명절이 허허롭고 쓸쓸함은 세월의 흐름 탓일까.

'가까운 이웃이 멀리 떨어져 사는 친척보다 낫다'는 속담이 피부에 와 닿는 계절이다.

김시연 | 『월간문학』 수필 등단(1991년). 수상: 제31회 인천시문화상(문학부문, 2014). 저서: 『그거 주세요(1997)』『김약사의 세상 칼럼(2003)』『상근 약사회장(2006)』『펜은 칼보다 강하다(2009)』『진실은 순간 기록은 영원(2014)』『요지경 세상만사(2018)』. E-mail: sayoun50@hanmail.net

선물 같은 인연

정인자

1.이별은 싫다

좋은 인연이란 물과 공기처럼 생명력을 샘솟게 하는 그런 관계가 아닐까.

소극적이고 붙임성이 부족한 나는 인간관계의 폭이 그리 넓지 않다. 대신 한번 맺은 인연은 가슴 깊이 새기고 그 인연에 충실하려고 애쓰는 편이다. 상대방이 실수와 단점이 많은 사람이라 할지라도 그에게 은혜를 입었다면 거기에 더 큰 비중을 둔다. 한치 앞을 모르는 게 세상사라지만, 아직까진 삶이 휘청거릴 정도의 악연을 만나지 않은 건 행운이라고 해야 할까.

이슬 같은 인연, 그 말의 의미를 실감한 건 오래전 부모님이 돌아가신 후였다. 다시는 뵐 수 없다는 안타까움이 무시로 회한을 불러 일으켰다. 광대무변한 이 우주의 한 행성에서, 이어지는 영원무궁한 시간 속에, 부모와 자식으로 만나 산 반백 년의 세월이 찰나처럼 느껴지는 허무함이었다.

그 인연의 소중함을 더욱 깨우치게 된 건 호된 병고 후였다. 입원하면서 친구들과도 모두 소식을 끊었다. 초라한 내 모습을 그 누구에게도 보여주고 싶지 않다는 알량한 자존심 때문이었다. 꼬박 한 해를 앓았고, 회복하는 데도 꽤 오랜 시일이 걸렸다.

동성인 친구도 연인처럼 목마르게 그리울 수 있다는 것을 그때 처음 느꼈다. 가족은 내가 존재할 수 있는 가장 큰 버팀목이었고, 살아야 할 이유이기도 했다. 아프고 시린 마음에 사랑을 부어주던 동기간은 또 하나의 듬직한 울타리였다. 입원해서 환자복을 입으면 누구나 평등한 환자일 뿐이다. 아무리 직업이라고는 하지만 환자들을 위해 최선을 다하고 있는 의료진들을 보며 그 어떤 사람도 유아독존일 수 없다는 겸허함을 배웠다. 세상살이가 거미줄 같은 인연이란 틀을 벗어나선 살 수 없다는 평범한 진리를 새삼 깨달았다.

다시 마주친 세상은 신선한 경이로움으로 다가왔다. 하늘, 구름, 바람, 꽃, 북적거리는 거리의 풍경…. 신은 건강과 함께 내 마음 밭에 익을수록 고개 숙이는 볍씨 한 톨을 단단히 심어주었다.

글이란 걸 쓰게 되면서 만나게 된 다정다감한 글벗들, 사춘기 때 펜팔로 알게 되어 지순한 우정을 이어오고 있는 'ㅅ', 문학사 강의를 함께 듣던 푸근한 친구들, 떠올리기만 해도 바람막이처럼 든든한 'ㅇ'. 함께여서 행복하고, 살아 있어서 감사하고, 사랑한다는 말을 전하고 싶다. 꾀복쟁이 친구라고 할 수 있는 고향 친구들은 만나기만 하면 동심으로 돌아간 듯 재잘거려 대도시의 외로움을 잊게 한다. 수필계로 이끌어 또 다른 희로애락의 세계를 느끼게 해준 'ㅈ' 교수님은 애석하게도 고인이 되었다.

나이 들면서 유감스러운 건 적잖이 부고 소식을 접하는 일이다. 매정한 톱질에 거목이 쿵! 소리를 내며 속절없이 쓰러지듯 한 사람의 파란만장한 생이 꺾이는 소리가 왜 그리 크게 귓전을 울리는지. 요즘은 문득문득, 하나뿐인 언니가 이 세상 끈을 놓으려고 해 가슴이 먹먹하다. 강물에 휩쓸려가는 것을 빤히 보면서도 무기력하게 발만 동동 구르고 있다. 무심코 읊조렸던 회자정리會者定離란 말 속에 이런 애절함이 담겨 있었던가.

2. 장미꽃들이 받은 편지

어떨 땐 한 줄기 바람처럼 스쳐간 인연도 불현듯 그 잔상이 떠오르며 애틋한 마음이 될 때가 있다. 그들은 어디에서 무엇을 하며 살고 있을까. 살아 있기나 한 걸까….

감동을 주는 편지 한 통을 읽었다.

"○○여고 1학년 3반 장미꽃들에게.

아무도 없는 빈 1학년 3반 교실. 작년 이맘때쯤 저녁의 모습도 딱 이 러했고, 다음 날 너희를 맞이할 설렘에 교실에서 홀로 가슴이 벅찼다. 이제 종업식을 하면 새로운 주인이 찾아오겠지.

~ 중략 ~

너무 곱지만 뾰쪽한 가시가 있어 아픔을 주기도 하는 장미꽃.

1년 동안 서투른 담임 만나서 힘들었지? 너희 예쁜 이름과 얼굴을 빨리 외우기 위해서 폰에 사진을 저장해 놓고 수시로 공부했던 시간 이 이제는 모두 추억이 되어버렸네. 샘은 3월부터 다른 학교로 가게 되었어. 너희의 졸업을 보지 못해 미안해.

1년 동안 최선을 다해서 너희를 사랑했고, 계속해서 너희의 빛나는 미래를 응원할거야. 행복했던 기억만 갖게 해주어 고맙다."

다정하게도 말미엔 반 학생들의 이름을 다 불러주고 있었다. 편지를 쓴 주인공은 큰손녀의 담임이었던 분이다. 첫 부임지가 손녀가 다니는 학교였고 또 담임까지 맡게 된 것 같았다. 손녀는 몇 장의 사진도 보여 주었다. 칠판 앞에서 슬쩍 눈물을 훔치는 선생님의 뒷모습과 풋풋해 보이는 반 친구들과 함께 찍은 사진이었다. 사진 속의 젊은이는 무척 앳돼 보이고 선해 보이는 얼굴이다. 뉘 집 아들인지 심성이 참 곱구나 싶었다. 손녀가 그런 스승 밑에서 공부를 했다는 사실이 대견했고, 아름다운 인연 하나를 추억 속에 간직하게 된 것 같아 흐뭇했다.

좋은 인연은 길잡이가 되기도 한다. 내게도 그런 스승이 있었다. 여고시절 문예반 학생들의 글 지도를 성심성의껏 해주었던 분이다. 훗날 수필계에서 다시 만났을 땐 그렇게 반가울 수가 없었다. 세월 이길 장사 없다더니, 그분이 청력을 잃고 많이 쇠해지셨다는 소식이 안타깝기만 하다.

정인자 | 『월간문학』 수필 등단(1991년). 한국문인협회, 남도수필 회원. 수상: 대한문학상. 저서: 수필집 『해 돋는 아침이 좋다』, 공저 『우리들의 사랑법』 등. E-mail: jijydh@hanmail.net

반딧불이 사랑

香里 윤영남

반딧불이가 신기했다. 어두운 밤에 여기저기에서 반딧불이가 빛나던 그때, 빛이 움직이는 것은 더욱 신기했기에, 그 불빛을 쫓아다닌 적이 있었다. 내가 자라던 고향 마을에서는 여름밤만 되면 반딧불이 잡기 놀이가 한창이었다. 마당에도 반딧불이가 빛났었고, 골목 밖으로 나가면 반딧불이가 밤하늘의 별들과 누가 더 빛나는지 내기라도 하는 듯했다. 여기저기로 날아다니던 반딧불이를 쫓아다니며, 어린 마음에도 움직이면서 빛나는 것에 대한 신기함에 나도 정신없이 뛰어다녔으니까.

철없던 시절, 우리는 하늘의 별을 따지는 못해도 날아다니던 반딧불이를 잡을 수 있다는 생각에 두 손을 모아서 펴면, 살짝 앉는 불빛이 벌레란 것을 알고도 잡아서 곧 유리병 속으로 넣었다. 재빠르게 잡아서

넣으면 그 속에서도 불빛이 반짝였다. 그것을 우린 신기하게 빛나는 별빛이라도 잡은 것인 양, 누가 더 많이 잡았는지 세어보면서 우쭐댔다. 이긴 사람은 무덥던 여름날 초저녁에 세상의 빛을 다 얻은 듯 좋아서 천방지축으로 날뛰기도 했다. 얼마나 반딧불이가 빛을 발하며 오래 살 수 있는지도 모른 채.

오래전에 본 영화가 생각났다. 곽재용 감독의 〈클래식(Classic)〉이란 영화였다. 여주인공은 손예진, 남자주인공은 조인성, 조승우였는데, 고교생들이 시골 외갓집 마을에서 첫사랑의 추억으로 반딧불이를 잡으면서 시작된 첫 장면이 오래 기억되었다. 어머니의 첫사랑을 얘기하는 딸의 고백으로 끝나는 장면과 반딧불이의 반짝이는 들판을 거닐며 영화의 막을 내리는 장면이 무척 서정적이란 생각이 들었다. 마치 나의 얘기가 영화가 된 것처럼.

올해 여름, 미국에 여름휴가를 갔을 때 일이다. 공기도 무척 맑았고, 날씨가 햇살이 비치는가 하면, 곧 빗줄기가 수시로 내렸다. 그래서인지, 나무들이 너무도 우거졌고 거목들이 울창했다. 여름철이지만, 크게 더운 줄 모를 정도로 잔디밭과 나무들이 잘 가꾸어진 것이 조금 부러웠다. 딸과 사위에게 미국엔 정원 잔디밭에 반딧불이가 많다는 얘기는 들었지만 그렇게 실감은 나지 않았다. '그만큼 청정지역이란 뜻이겠지'하고 생각만 했다. 그다음 날에 우리 부부는 저녁을 먹고서 산책하러 밖으로 나왔다. 한참을 걷다가 어둠이 깔리더니 여기저기서 반딧불이가 반짝이는 것을 보았다.

"아, 반딧불이다"라며 나도 모르게 호들갑을 떨었다. 손뼉을 치며 소녀처럼 뛰다 보니 좀 수줍게 느껴졌다. 내 나이가 몇인가. 하지만 남편의 손을 끌며 반딧불이를 따라 손을 펴고 세면서 가리켰다. 처음엔 한두 마리라 신기했는데, 어둠이 깔린 잔디밭을 수놓은 별처럼 여기저기서 반짝이지 않는가. 신비로웠다. 나이에 상관없이 날아다니는 반딧불이는 호기심을 자극했고, 어린 날들의 추억을 상기시켜 주었다. 청정지역만을 찾아서 살아가는 반딧불이 아닌가. 짝을 찾아 불을 밝히는 저들이 보내는 신호가 사랑의 암호라 한다. 이젠 왜 저런 불빛을 내며 날고 있는지를 아는 탓인가. 그냥 우리는 서로 손을 다시 지긋이 잡으며, 한참 동안 움직이는 불빛을 바라만 보았으니까.

은퇴 후에는 우리도 반딧불이와 함께 노닐 수 있는 부부가 되고 싶다. 날아다니면서 불빛으로 신기하게 짝짓기를 하는 반딧불이처럼 청정지역을 찾아서 자주 떠나보고 싶다. 조금씩 자유롭고, 무덤덤한 노년이 아닌, 더 신기하고 신비롭게 순간마다 사랑을 찾아 날 수 있는 날개를 펼쳐 보리라. 문화적이거나 문명의 이기심에 눌려 앉기보다 끝없는 호기심으로 영롱하게 빛을 발하는 사랑의 자유로운 몸짓으로. 반딧불이를 따라서.

윤영남 |『월간문학』수필 등단(1992년),『좋은문학』시 등단(2012년). 숭실대학교 평생교육학 박사, 교수, 시인, 수필가. 국제PEN한국본부, 한국문협 이사. 강동문협 회장 역임. 수상: 선사문학상. 저서: 수필집『또 하나의 시작을 위하여』外. E-mail: 2000yny@hanmail.net

국경 넘은 인연

윤영남

영화 〈국제시장〉에서 눈물을 흘리며 본 장면이 있었다. 삶이 무엇이며, 생존과 생명에 얼마나 강한 의지가 필요했는지, 얼마나 끈질기게 살아남아야 했는지를 알려주는 대목이다. 적군의 대포가 날아오던 흥남부두에서 아슬아슬하게 그물망 같은 사다리를 타고 살겠다며, 혹독한 추위를 무릅쓰고 피난민들이 오르던 배는 메르디스 빅토리호였다. 선장은 당시 서른다섯 살 나이로 처음 선장직을 맡은 레너드 나루. 그 배는 나중에 자료검색으로 알아보니, 선원 십여 명만 태울 수 있으며 화물을 운반하는, 건조한 지 오 년 된 7,600톤급이었다.

그런데, 한국전쟁 당시 그 배는 흥남부두에서 기적처럼 만사천여 명을 태우고 남쪽으로 사흘간 항해하여 귀한 생명을 모두 살려냈다. 아니, 그 배에서 태어난 신생아까지 다섯 명을 더 태운 채 거제도에 무사히 도착한 것이다. 한국인이라면 기억해야 할 이름 레너드 나루라는 젊은 선장, 마리너스 라루 수사님이다. 기적은 수시로 삶의 모퉁이마다 일어날 수 있는가. 그 어느 순간에도 일어날 수 있음을 빅토리호에서 보여준 사례였으므로.

지난여름 방학을 맞아서 미국 동부지역에 갔을 때였다. 뉴욕에서 승용차로 뉴저지를 향했다. 그 선장이 머물다 가신 곳, 라루 수사님이 되어 평생을 계셨다는 그곳이다. 두 시간쯤 딸이 운전하여 함께 간 곳은 뉴튼 도시의 세인트 폴 수도원이다. 조용하고 소박해 보이는 전경에서 우리나라 대통령이 한 달 전에 방문하여 식수한 나무와 기념 명찰을 보았다. 반가웠다. 누구나 외국에 잠시라도 나가면 애국자가 된다고 했던가.

그 수도원을 내가 찾아간 이유는 마리너스 라루 수사님이 미국으로 돌아가서 세상에 업적을 나타내지 않고 47년간 수도자로 여든네 살까지 여생을 보낸 곳이기 때문이다. 그는 1950년 당시 빅토리호를 운항하며 만사천여 명을 무사히 구해 낸 후, 많이 아팠다. 뉴저지 고향으로 돌아와 세인트 수도원에 들어간 후, 외출하지 않고 기도 생활을 했다. 누가 무슨 질문을 해도 그는 라파엘 시몬 신부님의 간결한 말씀으로 대답할 뿐이었다.

"하나님을 사랑하는 것은 가장 위대한 로맨스이다. 하나님을 추구하는 것이 가장 위대한 모험이다. 또한 하나님을 만나는 것은 인간의 가장 위대한 성취이다."라는 기도문으로 언론의 인터뷰도 일체 거절했단다.

수도원의 뒷길 호숫가로 가는 곳에 그분의 묘가 있었다. 다른 분들과 똑같이 작은 비석이 있고, 그 엄청난 생명을 구한 분의 묘소가 아닌 듯 아주 소박해 보여 숙연해졌다. 내가 한 사람의 한국인으로서 묵념을 하며, 진심으로 감사를 올리는 것은 무엇 때문일까. 국적이 다른 미국 군인이지만, 국경 넘은 사랑이 생명 존중 사랑으로 세월이 흐를수록 더 진하게 전해 오는 탓이리라. 한국전쟁 후 우리는 어느 국민이라도 서로 사랑하는 것이 마땅함을 더욱 처절하게 실감한 것이다. 그래서 미국에 왔을 때 어느 곳보다 와보고 싶었다. 오는 길에 수도원에서 키우는 크리스마스 트리용 나무밭도 보았는데, 사람을 사랑하고 생명을 존중하는 엄숙한 노동의 가치도 느꼈고, 많은 감동과 가르침을 받았다.

둘째 딸이 미국에서 유학 후, 결혼하여 외손녀가 태어났다. 너무 귀여운 재롱둥이다. 이제 세 살인데, 한국말부터 먼저 가르친 후 영어를 배우면 더 우리말을 익숙하게 잘할 거라고 사위랑 딸이 각별하게 언어 교육에 신경을 쓰는 것을 보았다. 물론 내 생각도 동감이지만, 그렇게 내 나라, 내 언어에 너무 구속하고 묶이기보다 어디에 있어도 소중한 것이 무엇인가를 알고 행함이 더욱 중요하지 않겠는가.

집으로 돌아와서 톨스토이의 단편집에서 「사람은 무엇으로 사는가」

를 다시 읽었다. 인간 속에는 무엇이 있는가에 대답은 사랑이요, 인간에게 허락지 않은 것은 무엇인가에 대답은 자신을 아는 지식이다. 가장 중요한 것은 지금, 내가 만나는 상대방이 원하는 일을 돕는 것이고, 그 사람이 정말로 소중한 이웃이란 것이다. 그 이야기의 주제가 사람은 사랑으로 산다는 것이다. 마치 강도 만난 헐벗고 배고픈 사람에게 도움을 준 이웃처럼.

한국전쟁 속에서 그토록 대단한 일을 해내고도 조용히 수도사로 일생을 마친 레너드 라루 선장님을 추모하며, 다시 끔찍했던 영화의 한 장면을 떠올려 본다. 삶의 궁극적 목적은 살아남는 일이요, 서로 사랑을 실천하는 일이기에, 큰 나무 옆에 묘목처럼 나의 그림자가 오늘따라 더 작아 보였다. 그래서 나도 앞으로 미국 국민으로 살아갈 어린 외손녀를 한번 더 꼬옥 안아 주었다. 혈연처럼 피도 섞이지 않은 사람들한테까지 그 순간으로 전 생애를 걸었던 마리너스 라루 수사님처럼 생과 사를 넘은 큰 사랑이라면, 어찌 어느 국경인들 넘지 못하겠는가. 차마 함부로 말할 수도 없는 엄숙한 사랑, 그 소중한 인연을 우린 잊을 수 없었으니까.

윤영남 |『월간문학』수필 등단(1992년),『좋은문학』시 등단(2012년). 숭실대학교 평생교육학 박사, 교수, 시인, 수필가. 국제PEN한국본부, 한국문협 이사. 강동문협 회장 역임. 수상: 선사문학상. 저서: 수필집『또 하나의 시작을 위하여』外. E-mail: 2000yny@hanmail.net

내게 온 날들

박미경

　최근 타임슬립에 관한 영화나 드라마가 인기를 누린다. 나는 그런 장르를 즐기지 않는 편이었다. 일상에서도 '만약 그때 그랬더라면…' 하는 식의 대화 스타일을 좋아하지 않는다. 이미 지나가 버린 과거를 소환하여 가설을 세우는 게 무슨 의미가 있는가. 지나간 시간들은 추억의 자리에 보관되어 회상하고 반추하는 것으로 끝날 일이다.

　그러나 트렌드의 힘일까. 비슷한 포맷의 작품을 여러 번 접하다 보니 슬그머니 나도 저들처럼 바꾸거나 삭제하고 싶은 시점은 어디쯤일까 생각하게 된다. 시간을 되짚어 돌아갈 수 있다면 나는 어디로 가서 무엇을 바꾸고 싶은가.

　주관적인 감상은 내려놓고 타자적 시선으로 보자면 나는 굴곡 없는 삶을 살아왔다. 미칠 만큼 좋다거나 죽을 만큼 나쁜 사건도 없었다. 천상을 걷는 듯한 황홀한 시간의 기억도 없지만 롤러코스터가 급강하는 듯한 추락의 충격을 경험한 적도 없다. 평범한 가정에서 출생하고 성장하여 결혼하고 내 가정을 이루고 살아왔다. 물론 그 안에도 무수히 많은 사건과 사연들은 존재했다. 내 손톱 밑의 가시가 가장 아픈 거라고, 그때마다 나도 눈물과 한숨을 흘렸고 비명을 지르기도 했다. 그러나 이만큼 살아보니 알겠다. 그 정도는 인생의 양념이라 할 수 있으며, 상처 없는 영혼은 없다는 것을. 그래서 내 역사에는 반드시 빼버리거나 정정하고 싶은 욕구를 떠올리게 하는 포인트가 없다.

후회 없이 완벽한 인생을 살아왔다는 얘기는 아니다. '학창시절 좀 더 공부에 집중하여 더 좋은 대학에 들어갔다면' 하는 생각을 해본 적도 있다. 그러나 그랬다고 해서 내 삶에 얼마나 큰 변화가 있었을까. 다른 캠퍼스에서 다른 시간들을 보냈어도 내가 지금 연구실에 앉아 있다거나 계산기를 두드리며 영업실적을 체크하고 있지는 않을 것이다. 또 첫사랑에 성공하여 그 사람과 결혼을 했다거나, 지금의 남편 아닌 다른 사람과 결혼했다면? 그렇다고 과연 지금보다 엄청나게 더 행복하고 만족스러웠을까? 아주 특별나고 대단한 자식을 둔 엄마가 되어 있을까? 글쎄, 그럴 것 같지는 않다.

책 읽는 것을 좋아하고 글솜씨로 칭찬받던 나는 더 좋은 대학을 갔다 해도 글쟁이를 소원했을 것이고 결국은 원고랑 씨름하는 삶을 살았을 것이다. 원고지에서 키보드로 전환해가며, 아날로그 시대에도 디지털 시대에도, 나는 늘 좋은 글을 향한 갈증에 허덕이며 살지 않았을까. 또 활화산 같은 사랑을 꿈꾸며 그 완성은 결혼이기를 소망했던 나.

83
박미경

그렇게 뜨거웠던 나에게 세월은 일찌감치 알려 주었다. 불같은 사랑의 유효기간은 속절없이 짧고, 사랑 하나만으로 버티기에 결혼에는 너무나 많은 복병이 숨어있다는 것을. 뜨거운 가슴으로 끌어안는 사람보다는 어깨동무하며 발을 맞춰주는 상대가 더 아름답다는 사실도.

소소한 행복과 소소한 아픔의 파도를 타면서, 나는 내 인격과 인성의 그릇만큼 성장해 왔겠지. 사회에서 어른 소리를 듣지만 내면의 나는 여전히 많은 부분이 부족하고 미성숙하다. 그러나 그 이유가 더 훌륭한 스승과 더 좋은 텍스트를 만나지 못했기 때문은 아니다. 그래서 과거로 되돌아가 무언가를 변경하거나 삭제한다 해도 내 모습은 크게 달라지지 않을 거라고 생각한다. 내게 허락된 기쁨도, 내가 감당해야할 아픔도, 딱 내 그릇에 담길 만큼이었을 것이다. 모든 것이 좋았다, 라고 할 수는 없어도 모든 것이 적절했다. 더한다거나 빼고 싶은 마음은 욕심이다. 그 욕심에서 자유로울 수 있는 건 나이가 주는 선물이겠지.

어느 날 영화처럼 나에게 시간여행을 할 수 있는 기회가 주어진다면 나는 웃으며 "노 땡큐" 하겠다. 그리고 그 순간 가장 생각나는 사람에게 전화를 하겠다. 오늘의 안부와 일상을 나누며 길고 즐거운 수다를 나눌 것이다.

내게 온 모든 날들은 적절했다.

박미경 |『월간문학』 수필 등단(1993년). 한국문인협회, 한국수필가협회, 국제펜클럽한국본부 회원. 수상 : 동포문학상, 동리문학상. 저서: 수필집『내 마음에 라라가 있다』『박미경이 만난 우리시대 작가 17』『50헌장』『독학자의 서재』외 다수. 현) 내일신문『미즈내일』편집위원, 한국신문윤리위원. E-mail: rose4555@hanmail.net

매력

류경희

돌이켜보면 이성에 대한 호기심만큼 강하게 마음을 흔든 것이 거의 없었다.

이성에 관한 진지한 탐구가 일상적인 화제에서 빠질 수 없었던 한때, 막연한 기대로 철없이 설레었던 처녀들은 이런 마음이 설익은 시절에 한 번쯤 치러야 하는 통과의례인 줄만 알았다.

그러나 중년에 이른 지금도 이성에게 끌리는 마음엔 변함이 없으니 세월이 가도 쉽게 바래지 않는 진채眞彩와 같은 것이 이성의 매력인가보다.

자연스럽게 마음이 끌리다 보니 동성을 대할 때보다 이성 앞에 있을 때 넉넉하고 부드러워지는 것이 갑남을녀들의 인지상정이겠지만, 남성에 비해 자기 감정을 거르지 않고 드러내기 쉬운 여성들에게는 그러한 성정이 더욱 두드러져 보이기 마련이다.

사람을 만나면 우선 눈에 들어오는 것이 외모인지라 상대의 겉모습을 두고 전해지는 말들이 특히 다양한데, 며느리의 아담한 발이 오이씨 같아서 싫고 매끈한 발뒤꿈치는 계란을 닮아 거슬린다는 억지스런 시어머니도, 대충 다듬다 만 목침처럼 투박한 사위 얼굴은 미덥고 복스럽게 보인다는 이야기가 참 그럴 듯했다.

그와 비슷한 일화들을 생각하면 웃음을 참을 수 없지만 하긴 옛이야기를 들추며 웃을 일까지 있겠는가. 지극히 순수하게 속된 이 사람도 동성의 흠을 찾아내는 데 남에게 뒤진 기억이 없다.

만약 양귀비가 현신했다고 해도 분명 트집거리가 있었을 것이다. 전하는 바에 의하면 양귀비는 글래머 스타일을 조금 더 초과하는 풍만한 여인이었다 하니 그녀의 토실토실한 목덜미와 둥근 허리가 미련스럽고 답답해서 고개를 흔들었을지도 모를 일이다.

내노라하는 은막의 스타 역시 동성의 눈에 들기는 힘이 든다.

〈귀여운 여인〉으로 현대판 신데렐라가 된 줄리아 로버츠는 입이 너무 크고, 〈사랑과 영혼〉에서 뭇 남성의 가슴을 설레게 했던 데미 무어 역시 떡 벌어진 남성적인 어깨가 마음에 들지 않았다.

이러한 날카로운 심미안을 두고 '여자가 칭찬하는 여성은 반드시 자신보다 미모가 떨어지는 여성이다'라는 말로 남성들은 일침을 가하는데, 그렇다면 우리 여성의 까다로운 안목이 질투에서 비롯된 치기라는 지적인가?

그러나 동성에 대한 질투의 감정에 남녀의 차별이 있을 수 없다는 것을 모르는 사람은 거의 없을 것이다. 오히려 도전적이며 성취감이 강한 남성의 경우 여성보다 동성에 대한 경쟁심이 더 강한 것이 아닐까.

우리 가족 중에 자기 여자와 길을 가면서도 돋보이는 여인을 그냥 지나치지 못하는 한 사람이 있다. 운전을 할 땐 그만 쳐다보고 조심하라고 주의를 주기도 하지만 항상 대답은 자기가 언제 누구를 보았느냐고 시치미를 뗀다.

초저녁잠이 많아서 9시 메인 뉴스도 중간 이상을 보지 못하고 소파에서 잠이 드는 사람이 미인 대회를 방영할 때는 자정까지도 눈이 초롱초롱하지만 이런 일들 때문에 나는 한 번도 눈을 흘긴 적이 없다.

나도 남성을 볼 때 길거리에서도 이쑤시개를 물고 다니는 내 또래 이상의 아저씨들보다 머릿결 고운 늘씬한 총각이 신선해 보이는 것이 사실이니 그의 이런 행동들 역시 아름다움을 감상하며 느끼는 순수한 기쁨이라고 너그럽게 이해하려는 편이다.

그런데 어느 날 그와 같이 비디오 영화를 감상하게 되었다. 유럽 쪽에서 만든 성인용 영화여서 식상하지 않은 신선한 배우들이 제법 눈에 띄었는데 그는 특히 주연 여배우에 넋이 완전히 나가 버렸다.

"멋있다. 분위기도 좋고, 각선미 좀 봐라."

과일을 깎으며 나는 무심히 그의 말을 받았다.

"정말 괜찮네. 그런데 상대편 남자 배우도 멋지지 않아요? 정말 매력 있다."

대답을 기다리며 그를 보는 순간 나는 범상치 않은 그의 눈빛에 죄를 지은 듯 기가 눌렸다.

"당신 저 남자가 그렇게 좋나. 그럼 그 남자에게 가서 살지 왜."

의젓한 어른이었다가 한 순간에 아이가 돼 버리는 이 사람과 다투면서도 머리를 맞대고 살 수 있는 이유 역시 그가 이성이기 때문일까.

로마의 황제가 랍비 가브리엘에게 물었다고 한다.

"여자와 남자는 서로에게 얼만큼 소중한 것인가. 신이 남자의 갈비뼈를 뽑아 여자를 만들었다면 너희 신은 도둑이 아니냐?"

가브리엘이 대답하기를

"어젯밤 집에 도둑이 들어 은 스푼을 훔쳐 갔는데 가지고 있던 금 술잔을 놓아두고 갔습니다."

랍비의 행운에 감탄하는 왕에게 그는 다시 말했다.

"신이 여자를 남자에게 베푸신 것도 똑같은 이치입니다."

서로의 마음을 훔치는 대신 더 큰 사랑을 선물로 주고받는 매력적인 관계.

더 나은 반쪽을 베풀어주신 높으신 분은 어울려 사는 세상의 남자와 여자를 어떤 마음으로 내려다보고 계실까.

류경희 | 『월간문학』수필 등단(1995년). 국제펜클럽, 한국문인협회, 청주문인협회, 대표에세이 회원. 수상: 연암문학상 대상, 청주시 문화상. 저서: 수필집 『그대 안의 blue』 『세상에서 가장 슬픈 향기』 『소리 없이 우는 나무』 『즐거운 어록』 등. E-mail: queenkyunghee@hanmail.net

손편지 열애

조현세

나는 늦은 나이에 펜팔 열애熱愛 중이다. 맛깔난 연애편지를 쓰고 싶어 우리는 글공부도 열심히 한다. 그녀는 문화센터에서 글쓰기 공부를 몇 해째 하고 있다. 문학 공부한 것을 활용해 안부 겸해서 손편지를 써온 지 6년째다. 한 달에 두세 번 주고받은 편지모음집이 세 권이 넘는다. 고속철도로 한 시간 남짓 거리에 떨어져 살고 있으나 그 흔한 카카오톡 문자조차 삼가면서 손편지를 써왔기에 글쓰기는 확실하게 늘었다. 그녀 또한 매한가지다. 예전에 유명한 요리강사였으나 요즘엔 지역 문예지에 투고를 할 정도다. 손편지 연애는 삶의 활력이나, 몸살도 함께한다. 선물 받은 책에 밑줄 긋기는 기본이다. 깜깜한 영화관, 멋진 대사를 채집하느라 손바닥에 볼펜으로 휘갈길 때도 있다. 다음번

편지에서 그녀가 '그 문장 참 좋아요' 해 준다면야 팔뚝에, 아니 온몸에까지 써 뒀다가 옮길 것이다. 편지지를 펼치고 만년필에 잉크를 넣는 과정은 최고의 성찬을 차리는 의식과 같다. 때론 격랑의 파도를 타듯, 마치 앞자리에서 커피를 나누듯, 만년필 펜촉의 사각거리는 소리는 둘만의 세계 안에서 이뤄지는 교감이다.

해가 지날수록 편지지 바탕 문양도 다양해진다. 이제 나의 난필도 이해해준다. 봉투에 새 우편번호를 쓰고 때론 수집해온 오래된 우표를 침 발라 붙인다. 동네 우체국으로 가는 자전거 위 휘파람 소리는 하늘을 가른다. 신문 한 줄에서 눈여겨 둔 문장이나 시구詩句를 따와 편지 맞춤형으로 메모해 둔다. 손편지가 술술 나갈 때는 글쓰기의 희열 속에 빠진다. 하지만 만년필 촉에 잉크가 말라붙는 머뭇거림의 시간이 길어지면 온몸은 뒤틀리고, 끊었던 담배 연기도 아지랑이처럼 어른거린다. 앞으로 산수유 꽃 피고, 상강霜降 첫 서리 소식을 계속 나눌지 예측할 수는 없다. 만년필 잉크가 쉽게 떨어지겠냐며 걷기운동을 권하고 나는 아령으로 팔목 근력도 늘리고 있다.

그녀와의 인연은 수필로 인해서 다시 이어졌다. 몇 해 전 일간 신문에 실린, 모자母子간의 가슴 아린 세월을 함축한 에세이를 그녀가 본 것이다. '수필의 필자가 45여 년 전 뒷집 학생이 분명하다'며 남편을 졸라 신문사로 연락처를 어렵게 수소문했다고 하였다. 그 후 우리의 손편지가 시작되었으나 만나기는 뒤로 미뤄 뒀다.

　도시 변두리 판자집 동네에서 앞집 새댁은 개구쟁이 아들과 놀아주는 사춘기 소년인 내게 전혜린 번역의『데미안』이며 단편 소설집 등을 빌려주었다. 항구도시에서 이사 온 새댁의 플래어스커트에 꽃무늬 앞치마가 그 변두리에서 제일 빛났다. 억양이 강한 사투리마저 지성미로 다가온 석이 엄마는 나의 문학 습작노트에 자주 오르내렸다. 나는 빌린 책의 독후감, 낙서 그림을 석이 녀석 편에 들려 보냈지만 엄마한테 전해지기 전에 딱지 접기나, 종이비행기로 날려 보내곤 하였다. 그 애 아빠는 당시에는 흔치 않은 전문 등산대장으로 해외 원정도 다니는 산악인이었다. 내가 장래 닮고 싶은 멋진 선배 모습이었다. 최근에 알고 보니 우리 둘은 히말라야를 각자의 방식으로 등반해 왔으니 그 부부가 나를 문학과 등산 취미의 길로 들어서게 해준 셈이다.

　졸업 후 잠시 방황기를 거쳐 나는 그 도시를 떠나 왔다. 그 동네 기억은 오십여 년 동안 흑백 사진처럼 희미했으나 에세이 한 편이 생생한 다큐로 되살려 현재진행형으로 이어졌다. 잦은 편지 교환을 눈치 챈 남편인 선배와 나의 집사람에게 왠지 미안하지만, 미뤄 짐작으로 두 사람은 그저 눈 흘김 정도다.

　다른 글 속에서 은연중 드러난 손편지 자랑에 우리 사이를 질투하는 그녀의 동아리 회원과 내 친구는 '감성외도感性外道'라고 폄훼도 한다. 그러나 굳이 변명을 늘어놓을 생각은 없다.

편지 주제가 한동안은 독후감, 영화평 나누기와 건강 챙기기에서 점차 자녀들 이야기로 바뀌고 있다. 나의 손자 또 그녀의 증손자가 태어날 때를 예비해서, 글자를 깨우쳐 갈 즈음의 그 아이들에게 읽히고 싶은 짧은 동화쓰기로 의견을 내놓는다. 그녀도 '할머니 요리 이야기'를 아마 준비하고 있는 눈치다.

물론 그녀의 지역사회에서 동인지를 낼 때마다 수필 두세 편씩 올리고, 서로 평하기를 조심스러워 하나 또한 붉은 펜의 퇴고를 두려워하진 않는다.

이제 손편지 연애는 추억 보듬기와 내리사랑 과정에 필요한 멋진 도구가 되고 있다. 침대 머리에서 들려줄 할아버지의 창작동화, 증조할머니의 음식 이야기를 잉크가 마를 새 없이 써보자며 은연중에 약속을 했다. 내친김에 두 사람의 편지를 책으로 묶으면 어떨까 나 혼자 생각해 보기도 한다. 이런 우리들의 손편지 역사가 훗날 그 애들의 감성에 어떻게 남겨질지는 모르겠다.

짐작했겠지만 그녀는 나보다 12년 연상의 띠동갑이다. 편지에는 건강 조심 이야기가 점차 많아지고 있다.

조현세 | 『월간문학』 수필 등단(1995년). 한국문인협회, 대표에세이문학회 회원. 저서: 수필집 『마라톤과 어머니』. E-mail: cityboy982@hanmail.net

한 사람의 인연을 떠나보내며

김지헌

자네, 어쩜 그럴 수 있나. 자네에게 주어진 몫이 그뿐이었다 해도 그렇게 야속하게 가버리다니 참 무정한 사람일세 자네는. 소식을 듣고 달려가는 차 안에서 문득 화가 났다네. 자네가 이 세상을, 이 우주를 체념하고 받아들이기까지 얼마나 많은 고통과 갈등을 가져야 했는가. 그런 자네가 마지막 길을 떠나고 있는데 세상은 아무것도 변한 게 없다는 표정으로 시치미를 뚝 떼고 있네. 들판은 여전히 푸르고 강물은 유유히 흐르며 사람들은 뭔가 중요한 일을 하러 가는 것처럼 바삐 움직이더란 말일세. 나를 실은 직행버스는 신나는 뽕짝을 들으며 경쾌하게 달리는군. 아무도, 그 무엇도 자네나 나의 기분을 살펴주는 대상은 없더군. 자네, 섭섭하지 않나? 한 존재의 스러짐에 대한 인간의 무심함이. 나 역시도 그렇다네.

향을 꽂고 앉아 자네의 영정을 보니 너무 막막해서 눈물조차 나오지 않았다네. 자네의 죽음이 실감 나지 않았다는 표현이 더 적절한가 보네. 그런 나를 보며 영정사진 속의 자네는 웃고 있었네. 그 웃음이 살아 있는 자들에게 주는 어떤 메시지 같아서 가슴이 꽉 막혀오던 걸. 분명 통곡을 해도 시원치 않을 답답한 가슴이었지만 나는 긴 한숨으로 많은 걸 대신하고 밖으로 나올 수밖에 없었네. 생사의 길이 이리도 지척에 있더란 말인가. 살아 있는 사람들이라고 해서 영원한 생명을 부여받은 것은 아니지만 주검을 이리 가까이서 지켜보자니 생사의 덧없음이 절감되네. 자네, 저 어린 딸들은 어찌하려는가? 엄마가 하늘나라에 갔다며 까르륵거리는 저 철부지들을. 유치원에 가면 우리 엄마 죽었다며 순진 무구한 표정으로 말할 저 아이들을 말이네. 아니지. 그건 살아 있는 자들의 몫이겠네. 산 사람의 업장이 더 무거운 법 아니겠는가? 마지막 가는 길 그저 편안히 잘 가게. 그 세상에 가서는 앓지 말고 고통 없이 지내길 바랄 뿐일세.

자네, 너무 예뻐서 내 가슴이 미어졌네. 임종을 지켜보지 못해 마지막으로 한 번 더 보고 싶어 입관하는 모습을 지켜보았네. 형광등 아래서 보는 백색미인 같은 자네에게 꽃빛 치마와 저고리를 입히고 연지곤지까지 찍고 보니 어느 신부가 저리 고울까 싶어서 스스로 섬뜩했네. 얼마나 예뻤으면 염습사들이 '참말 그림 같다'고 했을까. 자네는 그렇게 예쁠 나이란 말일세. 스물 여덟, 죽음하고는 거리가 먼 청춘이었단 말일세. 또다시 가슴에서 싸르륵거리는 느낌이 오네. 그런 자네를 보면서 나는 자네가 처음 입원했을 때를 떠올릴 수밖에 없다네.

우린 모두 자네의 생명이 시한부라는 것을 알고 있는데 자네는 아무것도 모른 체 예쁘게 화장을 하고 있었네. 그런 자네를 보고 누가 회생불능의 환자라고 했겠는가. 자네는 그렇게 예뻐 보이고 싶어 했는데 나는 자네의 아름다움을 보면서 되려 슬픔이 일었다네. 아무도 모르게 병실을 나와 눈물을 훔칠 수밖에 없었어. 자네의 손이 묶이고 발이 묶이고, 자네 육신이 친친 동여매질 때 자네의 영혼은 훨훨 날아 다녔겠지. 자네, 이 세상을 떠나는 게 그리도 좋더냐. 자네의 미소, 얼굴 가득 담은 희미한 웃음이 살아 있는 사람들에게 어떤 느낌을 주는지 알고 있는가? 하긴 그 통증의 지옥에서 헤어날 수 있었으니 얼마나 홀가분했겠나. 염이 끝나고 자네의 육신이 관 속으로 들어가고 못 박는 소리가 지하실을 쾅쾅 울릴 때, 우리들의 가슴에도 대못이 하나씩 박혔다네. 우리가 살아 있는 동안은 어떻게 자네를 잊겠나. 우리와 운명을 달리한 사람을 회억하는 것처럼 아픈 일도 없을 것이네. 우리 눈앞에 네모진 관 하나만 달랑 남았을 때 나는 걷잡을 수 없는 격랑을 만나 통곡하지 않을 수 없었네. 한 사람이 스물여덟 해를 살다가 소꿉놀이하듯 그 작은 나무토막 안으로 들어가니 감쪽같이 사라져 버리더군. 인생의 덧없음, 부질없음을 자네는 그리 일찍 체득해 버렸네그려. 부디 잘 가게, 다시 생명을 얻어 태어날 때에는 아픔 없이 살다가 천수를 다하길 빌겠네.

자네가 그 작아진 육신을 불기둥 속에 넣어 이승을 떠나는 마지막 단계를 거치고 있을 때 사람들은 자네만을 생각할 수 없었다네. 먼 곳에 사는 어떤 이는 몇 시 차를 탈 수 있을까 계산하고, 어떤 이는 돌아가서 할 일을 계획하고 있었다네. 그게 산 사람들이 할 일이라지만 쓸쓸한 것도 사실이었네. 조금만 더, 이곳에서 자네를 지켜보는 동안만이라도 아파하고 슬퍼해도 좋으련만. 어쩌면 산 사람들의 본능일 테지만 한편으론 인간의 비정함을 드러내는 단면일지도 모르겠네. 아니, 그렇게 하지 않고 우리 모두 자네만을 생각하며 슬퍼하고 통곡한다면 자네의 발걸음이 무거워 어디 이승을 떠날 수 있겠는가. 우리는 점심을 먹으며 농담도 주고받았다네. 한 사람의 죽음은 결코 '죽음'이라는 단어가 주는 그 이상의 무거움을 넘어서지 못하더라고. 자네가 인내한 결과물로 골분骨粉이 조금 나오더군. 그걸 들고 우리는 다시는 가고 싶지 않은 그 화장터를 나와 진짜 마지막 작별을 고하는 곳으로 달려갔지.

그곳이 동진강 하류였지 아마. 오전까지만 해도 비가 내리던 날씨가 우리가 그곳에 도착했을 때에는 햇살이 눈부시게 피어나던 걸. 자네, 서방님의 손에서 떨어져 나가 강물로 뛰어들 때 어땠나. 홀가분하지 않던가. 그 질긴 인연의 끈을 놓아버린 그 기분 말이야. 사람 참, 매정하긴. 그렇게도 편안하던가. 그래. 어쩜 인간의 세상처럼 번뇌가 많은 곳이 어디 또 있을라고. 그래, 어린 딸들까지 잊기는 어려울 테지만 그 미련까지 놓아버리고 편안히 잠들게나. 그 아이들은 남아있는 사람들의 몫이지 않겠나. 그래서 살아 있다는 것 자체가 고해라 하지 않았던가. 자네를 보내는 이 순간 우리는 모두 아웅다웅하며 사는 것이 얼마나 부질없는 것인지를 알았다네. 그러나 인간은 망각의 늪에 살고 있어서 그 귀한 깨달음도 곧 잊어버리게 될 걸세.

자네, 흐르는 물속으로 떨어지면서도 그렇게 빛을 발하더구먼. 자네는 끝까지 찬란한 모습으로 가는구먼. 스물여덟의 나이는 어떻게 말해도 찬란하지 않은가. 눈물이 햇살에 반짝거려 나는 눈을 뜰 수가 없었다네. 자네의 육신이 가루가 되어 이제 영영 우리의 곁을 떠난다고 생각하니 냉정하게 잘 버티던 나도 감정이 격해지고 말았어. 그렇게 허무하게 사라지는 것을. 갑자기 산다는 게 너무 막연해져서 가슴이 어디론가 날아가 버린 느낌이었어. 인생은 잠시 머물다 떠나는 한 줄기 바람이라더니 자네는 정말 강물에 실려 우리 곁을 떠나고 마네그려. 그렇게 가다가 그 길에서도 힘들면 물풀 자락에 쉬고 그것도 힘들면 물고기의 몸을 빌려 쉬어 가게나. 자네는 이제 우리의 곁을 떠나지만 영원의 세계로 자유로이 가는 거 아닌가. 물고기의 먹이가 되면 물고기의 몸을 빌려 다시 태어나는 것이고, 그대로 흐르고 흘러 더 큰 세상의 바다로 나가면 무엇을 만나게 될지 우리가 어찌 짐작이나 하겠는가. 어느 생에 다시 좋은 인연으로, 어떤 존재로든 이 세상에 다시 오게

97
김지헌

된다면, 그 때에는 건강한 몸을 받아 천수를 누리게나. 그때에는 자네의 그 예쁜 딸들과 함께 행복하게 잘 살게나. 자네, 잘 가게. 부디 극락왕생하게나.

김지헌 | 『월간문학』 수필 등단(1996년). 전북일보 신춘문예 소설 등단. 문학박사, 조선대학교 국문과 외래교수. 수상: 수필과 비평 문학상, 신곡문학상, 광주문학상, 국제문화예술문학상. 저서: 수필집 『울 수 있는 행복』 『표면적 줄이기』 『그는 누구일까』, 수필선집 『발자국』, 소설집 『새들 날아오르다』, 논문집 『현대소설의 어머니 연구』 등. E-mail: kim-ji-heon@hanmail.net

맺고 지우는 일들

정태헌

저게 누구인가. 숲의 강에서 찌처럼 오르락내리락하는 저 사람이 누구란 말인가. 눈에 설지 않은 뒷모습, 늙숙한 사내 절쑥거리며 산길을 걸어 내려가고 있네. 근자 들은 바 있어 짚이는 사람이다. 할머니의 무덤 앞, 서늘한 햇살이 비껴든 혼유석魂遊石에 홍싸리꽃 두어 가지와 빈 술병이 놓여 있다. 그래, 만조 아재로구나.

삼봉산 자락 산촌에 만조가 흘러든 것은 열 살 무렵이었다. 뜬금없는 사고로 부모를 한꺼번에 잃고 끈 떨어진 신세가 된 만조는 읍내 장터 국밥집에서 손대기로 있었다. 한데 주인 마누라의 구박을 보다 못한 지물포 주인이 금령 댁을 붙잡고 딱한 사정을 풀어놓았다. 생각 끝에 금령 댁은 일가붙이라며 만조를 빼내 집안으로 데리고 들어섰다. 제수

마련하러 장에 간 사람이 구중중한 낯선 아이를, 게다가 절름발이를 끌고 집에 들어왔으니 누군들 반기겠는가. 금령 댁은 지아비로부터 된통 지청구를 들었지만 통사정하여 가까스로 만조를 외양간 머슴방에 들였다. 사고무친 만조를 꼴머슴 구실 삼아 거둬주고 싶었던 거였다.

늘 "만조야 만조야" 하며 친자식들과 분별없이 챙기고 다독였던 금령 댁. 그 그늘서 어느새 코 밑이 거뭇해지고 뼈대가 굵어져 제법 사내 꼴을 갖춘 만조, 스물댓 살의 사내가 되었다. 그날 해 질 녘, 만조가 싸리나무 붉은 꽃가지를 지게 풀짐 위에 꽂고 돌아오는 것을 지긋이 바라본 금령 댁은 마음을 굳혔다. 금령 댁은 자신이 좋아하는 홍싸리꽃보다는 만조의 벌겋게 물든 가슴을 엿보았기 때문이었다. 만조에게 짝을 찾아주어야 할 때가 되었는가보다 여겼다.

마을에 들락거리는 소반 장수에게 말을 넣어 처자 하나 물색한 후 만조를 안방으로 불러들였다. 이어 텃밭 옆에 방 한 칸과 이부자리 마련하고 개다리소반에 솥단지 걸어 살림을 내주었다. 사모관대와 원삼 족두리는 없었지만, 비록 처자가 살짝 곰보였지만 신랑 또한 내세울 게 없는지라 고르고 따질 처지가 아니었다. 인연 맺어 살붙이고 살다 보니 간간 웃음소리 번져 나오고 몇 가지 세간도 들였으며 딸도 하나 낳았다. 그런 만조네를 건너다보며 금령 댁은 사뭇 흐뭇하기만 했다.

한데 어느 때부터 만조 입에서 한숨 소리가 새어나오기 시작했다. 이슥한 밤인데도 밖에서 서성이는 만조의 그림자가 어른거렸으며 아낙의 울음이 앙알앙알 밖으로 흘러나왔다. 금령 댁이 궁금 반 걱정 반으로 다그치자 만조는 지랄병이 들었다며 투덜댔다. 이를 어쩐담, 간질병이 도졌구나. 차츰 아낙은 횡설수설하며 방바닥을 나뒹굴기도 하고, 토악질하다가 게거품 물고 눈자위 뒤집힌 채 나자빠지곤 했다. 금령 댁은 보다 못해 아낙을 데리고 읍내 병원을 출입해 보았지만 별 차도가 보이질 않았다. 아낙은 자지러지고 바르작거리다가 기어이 일을 저지르고 말았다. 작살비 오던 대낮, 만조가 논 물꼬를 보러 간 사이 방문 고리를 안에서 걸어 잡고 입에 독약을 털어 넣고 말았다. 아낙의 통절과 어린 딸년의 울부짖는 소리에 동네 사람들이 몰려들었을 때는, 툭 하는 둔탁한 소리만 남긴 채 동백꽃처럼 통째 떨어진 후였다. 웅성대는 동네 사람들 너머엔 상기도 목 놓아 우는 딸년의 울음소리만 빗속에 낭자했다. 만조는 입을 꾹 다문 채 제 손으로 아낙을 산자락에 평토장으로 묻고 말았다.

떼꾼한 눈으로 산자락 쪽만 바라보는 만조를 보다 못해 금령 댁의 발걸음은 다시 바빠졌다. 친정 갯가까지 가서 수소문 끝에 반벙어리 앳된 색시 한 명을 데려왔다. 한데 서로 말귀가 트이며 오순도순 살 때쯤, 색시는 산에서 캐온 독버섯을 잘못 먹고 손수레에 실려 병원으로 가는 도중에 죽고 말았다. 만조는 땅바닥에 주저앉아 넋을 놓고 말았다. 이듬해, 금령 댁은 또 아랫마을에 사는 젖먹이 하나 딸린 젊은 과부에게 넌지시 말을 넣어 세 번째로 맞아들였다. 한데 그 과부는 먼 산 바

정태헌

라기 일쑤더니 석 달도 되기 전에 우물 파러 다니는 타관 사내와 눈 맞아 콩밭에 삼태기와 호밋자루 내던지고 줄행랑을 놓고 말았다.

어깨가 주저앉은 만조는 밤낮으로 강소주를 마셔대기 시작했다. 금령 댁의 다독임에도 투덜대기만 할 뿐, 한 점 혈육 딸년조차 돌아보지 않았다. 일손을 놓아버린 채 술에 빠진 만조는 어느 날부턴가 밤이면 유리 등불을 밝혀 처마에 매달아 놓은 삼거리 주막집으로 향했다. 치맛자락 추어올리고 박가분 허옇게 바른 주모와 수작을 떨며 술독에 빠지기 시작했다. 무슨 꿍꿍이속인지 그때마다 남편 곱사등이는 주막에서 나와 신작로 미루나무 밑에 쭈그려 앉아 반딧불이처럼 깜박깜박 줄담배만 태우고 있었다. 아주까리기름 바르고 궁둥이 흔들며 오가는 사람 방으로 불러들여 주머니 속을 알겨내는 주모가 어떤 짓을 부리는지 소문이 자자한 터라 금령 댁은 걱정이 갈수록 쌓였다. 자정이 넘도록 기다렸다가 만조를 붙잡고 달래며 나무라기도 했지만 만조는 이미 주모에게 홀라당 빠진 후였다. 병 깊어 몸져누워버린 금령 댁으로서는 더는 만조를 붙들거나 손을 쓸 기력이 없었다.

무논에서 개구리 짝자글 울던 날 밤, 만조는 한마디 말도 없이 마을을 떠나고 말았다. 밭뙈기 몇 자락 사려고 그동안 뼈품 팔아 묶어두었던 새경은 곱사등이 마누라 치마 속에 통째 바쳐버리고 만 후였다. 금령 댁은 며칠을 두고 가슴 움켜쥐더니 병이 더쳐 그만 눈을 감고 말았다. 기댈 데라곤 없는 만조가 가면 어디로 갔겠는가. 출상 날 상여 오르던 산자락 저편에서 서성이던 만조를 보았다는 사람이 있을 뿐이었다. 금령 댁 부고가 근동에 돌았을 때 어찌 얼굴 밀고 동네에 들어설 수 있었으랴. 그리고 몇십 년의 세월이 흘렀다. 한데 이태 전부터 금령 댁 무덤가에 가끔 서성이는 한 늙숙한 사내의 모습이 마을 사람들 눈에 띄기 시작했다.

허어 만조 아재! 홍싸리꽃을 혼유석에 놓고 금령 댁과 뒤늦게 마주하였구나. 그 세월 눌러두었던 속울음을 오랜만에 쏟아냈을까. 술 한 병은 금령 댁에게 올리고 한 병은 독작하면서 모진 실타래 풀어냈겠지. 하여 낮술에 걸음걸이가 저리 절쑥절쑥 오르락내리락하였구나. 산다는 것은 때론 살아온 날들을 지우는 일, 산을 오르고 내리며 무엇을 한탄하고 무엇이 지워지기를 바랐던 것일까. 그렇다고 인연까지 지울 수는 없는 일이다. 꽃상여 타고 금령 댁이 오르던 그 길을 만조 아재 되짚어 내려가네. 구국구국 멧비둘기 소리 들려오는 바람 찬 가을 속을 절쑥거리며 내려가는구나.

정태헌 | 『월간문학』 수필 등단(1998년). 한국문인협회, 수필문우회, 무등수필 회원, 수필세계 편집위원. 수상: 광주문학상, 현대수필문학상, 대표에세이문학상 등. 저서: 수필집 『동행』 『목마른 계절』 『경계에 서서』 『바람의 길』 『여울물소리-선집』 등. E-mail: lovy-123@hanmail.net

손길

김선화

드디어 막내도 피었다. 중간쯤 열린 것을 보고 몇 시간 뒤에 다시 나와 보니 꽃술이 환히 열려 향이 은은하다.

오월은 공작선인장 꽃구경에 흔흔한 달이다. 화원에 나가 두루 살펴보아도 그다지 특별한 것이 없다. 그 어느 화초를 사다 놓는대도 저 대접만 한 꽃의 열기를 당하지 못할 것 같다. 댄드롱이며 채송화가 올망졸망한 가운데 가히 여왕의 자태로 고고한 화분 앞에서 내 마음마저 경건해진다. 단 몇 줄 새로운 어절을 찾아내기 위해 긴긴날 붓끝 가다듬는 글쟁이의 속결인 듯, 딱 하루 절정을 이루기 위하여 온몸의 기를 다하는 정념이 숭고하기 이를 데 없다. 오동통한 가닥가닥의 줄기를 뚫고 사람 목 모양으로 녹색 꽃대를 만들어 올리는 기운을 찬양한다.

올인이다.

기껏 세 송이를 품은 채 냉혹한 겨울을 나고 생동의 계절을 맞아 뿔돋듯이 툭툭 불거진 묵은 줄기의 도약. 그것이 힘차 보였다. 이파리 너울거리는 화초들 틈에서 밀려 시야 밖으로 방치됐던 잔가시 투성이의 볼품없던 존재. 보고 있자면 썰렁하고 절로 쓸쓸해져 귀퉁이로 밀쳐두곤 했는데 꼭 이때 한 번 후한 대우를 받는다. 뿌리에서부터 묵묵히 끌어올리는 저력의 몸짓에 나도 그를 그런 마음으로 대한다. 살아오면서 언제 몇 번이나 저렇게 한 가지 일에 매진해보았는가 되짚어보게도 된다.

하나 내 뜰의 저 꽃이 정점에 머무르는 시간은 너무도 짧다. 어제 저녁부터 벙글어 은밀한 꽃술을 내보였으니 화려한 자태는 겨우 오늘 밤까지이다. 준비기간이 길었던 만큼 공작 꽁지깃과 흡사한 꽃잎들의 향연은 순식간에 막을 내린다. 금세 후줄근해져 수그리고 만다. 하지만 지는 꽃도 꽃이다. 나는 그 과정을 끝까지 두고 보며 송가를 불러준다. 스스로 물기를 빼고 말려 붙여 얇은 막으로 매달려 있는 것도 어엿한 하나의 꽃이지 않은가. 할 일 다했다고 우쭐대거나 후줄근한 모습 보이기 싫다며 단번에 뚝 떨어지지 않고, 천명天命대로 순리에 따라 차근차근 쇠하여가는 사람을 닮아 있다. 두 송이가 먼저 피고 져서 핏빛으로 납작하게 말라가는데, 그 무렵 막내 한 송이가 피어 빛을 발하다가 마저 시들고⋯. 사람도 그렇지. 그렇고말고. 막내가 먼저 지면 땅이 꺼지는 일이지. 순서대로 순리대로 역행 않는 것, 그것을 오월을 밝힌 공작선인장이 다짐받듯 조곤조곤 일러주고 있었다.

십여 년 전에는 이보다 약간 자잘한 공작선인장이 다른 화분에서 주홍빛으로 피었는데, 그때는 내가 젊어서인지 지는 꽃은 방치했었다. 그러다가 우연히 내다본 화분에는 기막힌 모습이 연출되고 있었는데, 바싹 마른 허연 꽃송이가 소멸되어 떨어지는 다른 꽃송이를 붙들고 대롱대롱 매달려 있는 게 아닌가. 아름답게 인연 닿아 호시절 잘 누리고 소박한 삶을 이어가던 노부부가 말년에 넌지시 배우자의 손을 틀어잡는 애처로운 형상이었다. 먼저 이우는 사람도 떠나보내야 하는 사람도 안타깝기는 마찬가지. 사력을 다해 붙들어 바닥에 떨어지는 것만은 막고 있는 꽃의 말로가 애잔했다. 생의 기운을 말릴 것 다 말리고 '조금만 기다리게. 얼마 안 남았으니 이대로 머물다 같이 가세나.' 하며 내민 백발노인의 손길이 그려져 그 장면이 더욱 잊히질 않는다. 그게 어디 부부간의 인연뿐이며 한낱 꽃의 생애에 빗댄 동기 간의 대비뿐이겠는가. 알게 모르게 줄 닿아 있는 글벗이 그렇고, 눈빛만으로도 소통되는 친구 간이 그렇고, 그윽이 서로의 가슴 자리를 위무하는 연인 간이 그렇고, 애달피 바라보는 부모·자식 간의 깊은 끈이 그럴 것이다.

공작새가 정오에 꽁지깃을 편다면, 그 이름을 가진 선인장 꽃은 벙글기 시작하고 열두 시간이 지나자 겉 꽃잎들이 위로 살짝 말려 올라갔다. 보드랍고 은은한 진분홍과 연분홍의 명암을 갖춘 속잎은 부채

꼴모양으로 겹겹이 연결되어 소우주의 울타리를 치고 있는데, 그 안에 암꽃술들이 얌전하고 수꽃술이 대롱처럼 길어 나와 오묘한 분위기를 만들어간다.

열흘 붉은 꽃에 비유하자면 이 공작선인장의 일대기는 기나긴 준비 기간부터 높이 추어주어야 하리라. 너무도 깜찍한 하루라는 시간이 무한히 귀하게 와닿는 까닭이다.

저마다의 본분을 안고 살아가는 사람 중에도 올되는 사람이 있고 늦되는 사람이 있다. 혹여 딱히 '나 이런 사람이오' 하고 그럴듯한 절정의 단계에 가 닿지는 못했다 하더라도 내면에는 실하고 고운 꽃봉오리 하나씩 간직했을 것이다. 나는 그들의 그런 움직임을 존중한다. 누구나 한 생을 부여받아 꽃피워 가는 길에는 여러 가지 인과관계의 인연들이 조화를 이뤄야 가능하다는 것을 우리는 너무도 잘 알고 있지 않은가. 식물에게 있어서라면 물, 바람, 햇빛이 고루 어우러져야 하겠지.

온몸의 기력을 다해 밀어 올리는 고운 색감 앞에서 생각이 늘어나는 오월 아침, 세상 생명 있는 것들의 행복 쪽으로 자꾸만 팔이 뻗는다. 지금 이 순간 생의 기로에서 기우뚱한 어떤 인연이 있다면, 우악스레 그 손 한번 붙잡아 끌어올리고 싶다.

김선화 | 『월간문학』 수필 등단(1999년), 『월간문학』 청소년소설 등단(2006년). 저서: 수필집 『포옹』 외 7권, 청소년소설 『솔수펑이 사람들』 외 1권, 시집 『빗장』 외 2권. 수상: 한국수필문학상, 대표에세이 문학상, 전국성호문학상 외 대한문학상(詩부문). E-mail: morakjung@hanmail.net

한 통의 전화로 시작된 인연

- 탈북 아이들과의 만남

박경희

10년 전 어느 가을날, 낯선 분으로부터 전화 한 통을 받았다.

"박경희 작가님이시지요! 저는 하늘꿈학교 교장입니다."

처음 듣는 목소리임에도 진정성이 느껴졌다. 임 교장 선생님은 탈북 아이들과 울고 웃으며 보낸 기적 같은 시간을 글로 표현해 줄 작가를 찾다가 전화하게 되셨다고 했다. 탈북자에 대해 문외한이었던 나는 교장 선생님의 절절한 목소리에 끌리어 약속을 하고 말았다. 그것은 운명이었다. 그때부터 교장 선생님과 나는 많은 것을 공유하는 동행자이자 절실한 친구가 되었다.

처음 탈북 학교에 발을 들여놓는 순간, 나는 염색한 머리에 꽉 끼는 진바지를 입은 여자 아이들을 보며 헷갈렸다. 내가 상상했던 모습과는 전혀 다를 만큼 세련된 모습이었으므로. 어쩌면 이 헷갈림이 나를 탈북 아이들 속으로 이끌었는지도 모른다.

학교 이야기를 르포로 쓰기 위해서는 아이들과의 깊은 교류가 필요했다. 그래서 나는 각종 행사에 참석하거나 글쓰기 수업을 했다. 사연이 없는 아이는 없었다. 차츰 아이들의 눈물은 내 아픔이 되었고, 그들의 웃음은 나의 기쁨이 되었다. 아이들을 만나는 횟수가 늘수록 내 안에 꿈틀대는 그 무엇인가 있었다. 그건 바로 아이들이 머물던 북녘 땅을 직접 눈으로 보고 싶다는 열망이었다.

다행히 '압록강 탐사'를 다녀 올 기회가 생겼다. 아이들에게 강을 건너 국경선 지대로 넘어가기까지의 숨 막히는 과정을 들어도 그저 막연했다. 탈북 경로에 대한 지도를 놓고 살펴보았지만 감이 잡히지 않았다.

두 눈으로 그들이 거쳐 온 길을 보고 싶었다. 그 마음으로 압록강 주변 국경선 일대를 쭈욱 훑으며 올라가다 보니, 아이들이 죽을힘을 다해 자유를 찾아 도망쳐 오는 모습이 아른거려 온몸이 떨렸다. 저 길을 따라 왔겠구나, 철조망이 저토록 촘촘한데 정말 죽을힘을 다해 왔겠구나 싶었다.

겉으로는 보이지 않아도 숲마다, 골짜기마다 초소가 땅속에 숨어 있다는 것도 알게 되었고, 때로는 그들에게 미리 돈을 줬기 때문에 시간 맞춰 도망가는 걸 봐 주기도 하지만 어떨 때는 돈을 받고도 가차 없이 잡아 북송시킨다는 것도 알게 되었다.

강줄기를 거슬러 올라가면 갈수록 더욱 놀라웠다. 북한과 중국이 너무나 대조적인 풍경이었다. 북한은 장마로 인해 온통 산이 무너져 내리고 있었다. 간혹 보이는 집들도 금방이라도 쓰러질 것만 같았다. 그저 평범한 중국의 농촌임에도 국경선 너머 북한에 비해 잘살아 보였다. 그만큼 북한은 황폐해 보였다. 내 어릴 적 시골 마을은 가난해도 정이 넘쳐 보였는데 왠지 사람이 살 수 없는 마을처럼 초토화된 느낌이었다. 거기다 어찌 그리 민둥산은 많은지.

"돼지밭에 옥수수를 심어도 제대로 자라질 못해 늘 배고팠어요. 그래서 나무뿌리와 산나물 캐느라 학교도 제대로 못 다녔어요. 제가 장마당에 나가 옥수수 장사를 해 식구들 끼니를 때웠지요. 장사도 할 게 없으면 '돼지풀'도 뜯어 먹곤 했지요. 그래도 가끔 고향이 그리워요. 언젠가는 국경선 근처라도 가서 고향 땅을 볼 거예요."

대부분의 아이들이 하던 말이 실감 났다.

신의주 끊어진 압록강 다리 앞에 서는 순간, 가슴속에서 불이 활활 타오르는 것 같았다. 손만 뻗치면 닿을 것 같은 북한과 중국 사이에 놓인 끊어진 다리가 서 있었다. 한참을 서서 북녘 땅을 바라보았다.

'아이들이 저 깊은 강을 어떻게 건너 왔을까. 저 다리만 끊어지지 않

왔다면….'

나도 모르게 속울음이 나왔다. 아이들이 흘리던 눈물의 의미를 가슴 깊이 느낄 수 있었다.

혜산시에 다다르니 강 언저리는 철조망으로 철갑을 휘감고 있었다. 들리는 말에 의하면 그 철조망에 전기가 통하는 장치를 해 놓았단다. 요즘은 CCTV를 통해 탈북자를 엄격하게 색출한다는 말도 들린다. 실제로 보니 북한과 중국이 결코 먼 거리가 아니었다. 고작 도랑 하나만 건너는 거리였다. 폴짝 뛰면 중국 땅으로 넘어올 수 있는 가깝고도 먼 나라. 혜산시의 냇가에 서서 보니 북녘 땅이 더욱 가깝게 보였다. 50미터도 안 되는 작은 다리만 건너면 말로만 듣던 북한 땅이었다. 강가에 앉아 빨래하는 아낙네의 모습이 선명히 보였다. 너와 지붕 같은 집들로 가득한 마을도 보이고 아이들이 몇몇 가방을 들고 지나는 풍경도 보였다. 신기하면서도 기분이 묘해졌다. 당장이라도 저 다리를 건너 가아이에게 말을 붙이고 싶었다. 내 마음을 읽기라도 한 듯, 안내원이 경고를 했다.

나는 멍하니 서서 '북한' 땅을 바라보았다.

내 고향 냇가만큼 얕은 물인데 넘을 수 없는 벽으로 가로막혀 있다니. 애석하고 아팠다. 어쩔 수 없이 내가 만나온 하늘꿈 아이들의 얼굴이 떠올랐다.

나는 압록강 탐사를 다녀온 뒤, 아이들을 조금 더 깊이 이해하게 되었다. 신의주, 혜산, 만포, 양강도, 장백산, 삼지연, 연길, 용정 등 지도를 보며 지명을 들어도 쉽게 그려지지 않던 북한 땅이 한눈에 들어왔다. 이제는 아이들의 고향이 어디라는 말만 들어도 그 아이의 유년 시절이 보일 정도로 그들과 빙의가 되어 가고 있다.

무엇보다 오래전부터 탈북 청소년들의 모든 아픔을 알고 탈북 학교를 세운 교장 선생님이 대단해 보였다.

매주 수업을 하러 나가다보니, 교장 선생님의 눈물과 힘겨움을 누구보다 잘 알게 되었다. 얼마 전에 정식으로 인가가 난 학교이긴 하지만, 여전히 재정난에 허덕이고, 선생님들의 헌신에 의존할 수밖에 없는 상황도 알게 되었다. 그 점을 늘 안타까워하는 임 교장 선생님의 마음을 너무도 잘 알기에 위로의 말조차 사치스럽게 느껴질 때가 많았다. 나는 사심 없이 북에서 온 아이들을 먹이고 입히는 교장 선생님의 헌신을 보며 진심으로 존경하는 마음이 생겼다. 이 시대의 진정한 등불이라는 생각을 지울 수 없다. 아무런 희망도 없이 두렵고 어두웠던 아이들의 얼굴이 어느 순간부터 봄날의 새순처럼 푸릇푸릇 생기가 도는 것을 보며, 교장 선생님이 흘린 눈물이 헛된 것이 아니라는 것도 알았다.

탈북 아이들에게 '통일의 리더'가 될 비전을 심어준 어머니와 같은 임 교장 선생님을 만난 건 내게 큰 축복이었다. '가치 있는 삶'의 모델

을 보여 주는 분과 친구처럼 지내니 말이다. 진실로 아름답고도 소중
한 인연이다.

박경희 | 『월간문학』 수필 등단(2004년). 2006년 한국방송프로듀서연합회 '한국방송라디오 부문 작
가상' 수상. 2002년 동서커피문학상 소설 부문 당선. 현재 탈북대안학교인 '하늘꿈학교'에서 '책으로
만나는 인문학' 수업 강의. 통일부 주최 '남북청년창작교실' 지도교수. 남산도서관과 강동도서관에서
'청소년 문학교실' 강의. 저서: 『난민소녀 리도희』(2017 세종도서 문학나눔 우수도서 선정) 『류명성
통일빵집』(2013년 세종도서 문학나눔 우수도서 선정) 『여섯 개의 배낭』(2016년 세종도서 우수도서
선정) 외 다수. E-mail: park3296@hanmail.net

인연의 수레

청정심

삶이 힘들 때는 한 생도 너무 지루하다는 생각을 하게 된다. 우리의 삶이 윤회의 연속이란 걸 생각하면 가슴이 답답해 올 때가 있다. 태어나고, 죽어가고, 죽고 나고, 한도 끝도 없는 윤회의 삶이 계속된다는 사실이 너무 두렵다.

사람마다 자기 주어진 대로만 만족하며 살아간다면 얼마나 좋겠는가. 그런데 나보다 나은 듯하면 시기하고 무너뜨리려고 경쟁을 하는 삶의 울타리가 너무 싫다.

세상에서 가족보다 더 중요한 인연은 없을 것이다. 옷깃만 스쳐도 오백 생의 인연이 있어야 한다고 했고, 구천 생을 한 가족으로 지낸 인연이 있어야 이생의 가족이 된다고 했다. 그러니 가족의 인연이 얼마나 지중하고 소중한가. 그런데 그렇게 소중한 인연 속에서도 마음이 안 맞아 서로 다투며 살아가는 가정이 많다. 세상이 변해 충효사상도 멀리 갔고 부모가 자식을, 자식이 부모를 떠밀며 등을 돌리고 사는 세상이 되어 가고 있으니 어찌 슬픈 일이 아니랴.

며칠 전 모임에서 들은 이야기다. 어떤 어머니가 아들 3형제 딸 하나를 명문 대학까지 졸업시키고 박사까지 만들었는데 어머니가 병이 들자 4남매가 못 모신다고 하여 요양원으로 모셨다. 그 어머니는 재산이 많아 자기가 다니는 사찰에서 주지 스님께 절을 지을 때 몇 억대를 보시하겠다고 약속을 했다. 절 공사가 다 끝날 무렵 막상 돈을 스님께 드리려고 생각하니 아까운 생각이 들었다. 보시금 약속 때문에 사찰을 건축하였는데 일이 이렇게 되었으니 난감할 수밖에. 주지 스님의 마음 고생이 이만저만 아니었다.

그 후 그 어머니는 병이 점점 깊어져 죽음을 맞이하였다. 요양원 측에서 4남매 주소를 수소문했으나 찾을 길이 없어 며칠 만에 화장해서 뿌렸다는 이야기를 들었다. 그 이후에도 자식들은 한 번도 찾아오지 않았다고 한다. 남의 일이지만 화가 났다. 자식들도 못됐지만 그 어머니도 지혜가 없는 분이었다. 평상시 자식들의 마음 쓰임도 헤아리지 못했고, 어쩌자고 스님과의 큰 약속을 어겼을까. 그것은 그분이 덕이 없고 지혜도 없었고, 인연의 수레를 잘못 탔기 때문이다.

사람이 살아나가는 데 복도 중요하고 혜도 중요하지만 인연도 역시

115

중요하다. 한 사람의 잘 지은 인연으로 세세생생 극락정토에서 행복을 누릴 수도 있고, 한 사람의 잘못 지은 인연이 세세생생 지옥을 면하지 못할 수도 있다. 부부 인연, 형제, 친구, 이웃이 다 그렇다.

누가 나에게 하는 말이 여사님은 가는 곳마다 좋은 사람들만 만난다고 부럽다고 했다. 사실 요즈음 만나는 분들은 내가 생각해도 맑고 깨끗한 분들이다. 그래서 나는 행복하다. 그러나 지금까지 살면서 인간고를 나같이 많이 겪은 사람도 흔치는 않을 것이다. 현재 집안에서도 겪고 있는 고난이 없지 않다. 육신이 아프면 약으로 치료를 할 수 있지만 마음이 아픈 건 약도 없다.

금생에서 안 좋은 인연은 금생으로 끝내려고 어떤 억울한 일도 밝히려고 하지 않는다. 불법을 몰랐다면 오해로 받는 마음의 상처에서 헤어날 길이 없었겠지만 전생의 업으로 달게 받으며 기도로 이겨내고 있다. 나는 내생의 좋은 인연을 위하여 아침저녁으로 불보살님들께 지극정성으로 발원을 올린다.

현 주지 스님의 힘도 크지만 내가 가장 사랑하는 사람이 큰일을 하고 있어 흐뭇하고 행복하다. 미타사 밝은 언덕 요양원을 운영하고 있는 우담화다. 그 사람은 현재 마음고생을 많이 하고 있다. 하지만 머지않아 반드시 풀릴 것이다. 우담화는 큰스님의 사제로 속세에서 결혼하여 두 남매를 낳고 가정생활을 하며 건설 사업을 하였다. 그는 큰스님의 권고로 15년 만에 건설 사업을 정리하고 오직 아이들 뒷바라지하며 큰스님께 많은 도움을 드리고 있다. 우담화가 젊은 나이에 건설업을 시작하여 돈을 벌게 된 동기는 부처님의 힘이 분명히 있었을 거라는 생각이 든다. 큰스님의 기도가 그런 기도였을 것이다. 우담화가 아니면 누가 그렇게 원하시던 요양원을 크게 건축하여 열반하신 큰스님의 원력을 이루어 줄 수 있을까. 속인으로 몸도 약한 사람이 많은 돈을 사찰 터에 투자해서 고생한다는 것은 어려운 일이다.

우담화는 금강경에 나오는 어느 것에도 머무를 수 없는 순수한 보시를 하고 있기 때문에 요양원은 날로 번창하여 늙고 병든 많은 사람들의 요람이 될 것이다. 현 주지 스님과 우담화의 좋은 인연으로 우리들까지 정말 행복한 노후로 회향할 조짐에 마음이 편안하다.

나는 생각했다. 인연은 스스로 짓는 업의 수레가 아닐까. 자기 몫의 생에서 그것만큼 확실한 증표가 없을 것 같다. 그래서 오늘 하루도 조심스럽게 하심으로 살고자 노력한다.

새벽 첫 태양이 밝은 언덕 요양원을 밝게 비추듯이 미타사가 극락정토가 되고 모든 아픈 중생들이 밝은 언덕 요양원에 와서 편히 쉬고 아름다운 회향을 맞이하게 될 것이다. 우담화는 아픈 이들에게 희망이 되어 주기 위하여 인연의 수레를 타며 오늘도 숨 가쁘게 뛰고 있다.

청정심 | 『월간문학』 수필 등단(2002년). 국제펜클럽 한국본부, 한국문인협회, 음성문인협회, 대표에세이문학회 회원. 수상: 불교 청소년도서 저작상, 연암문학상 본상. 저서: 수필집 『청향당의 봄』 『내 마음에 피는 우담바라』 『내 안에서 만난 은자』 등. E-mail: cjseda@hanmail.net

인연의 끈

김윤희

어느 날 그녀가 조심스럽게 내게 왔다. 교육발전 공동체 연수 현장에서다. 자신도 글을 써 보고 싶다 한다. 언젠가 외국인 근로자 한글 교실에 방문하여 전해준 수필집을 예사로 보지 않았던가 보다. 한국인 주부와 다문화가정 주부의 이야기가 함께 실린 책이다. 내용을 허투루 보지 않고 공감하며 참여하고 싶은 마음이 들었다는 것이 우선 반가웠다. 쉽지 않는 결심임을 아는 까닭이다.

그렇게 다가온 그녀는 묘한 매력을 지녔다. 훤칠한 키에 커다란 눈망울은 조심하고 또 조심하는 눈빛으로 흔들렸다. 문득 모가지가 길어서 슬픈 노천명의 시詩 「사슴」이 그의 얼굴에서 어룽거린다.

물 속 제 그림자를 들여다보고/ 잃었던 전설을 생각해내고는/ 어찌 할 수 없는 향수에/ 슬픈 모가지를 하고 먼 데 산을 바라보는….

그때 나는 그녀에 대해 아무것도 아는 것이 없었다. 아무것도 묻지 않았다. 그럼에도 불구하고 뭔지 모르게 가슴이 메는 듯했다. 강한 생활력이 엿보이는 한편으로 간절한 눈빛이 짙은 그늘로 드리워져 있다. 한참 눈을 마주하고 있으면 눈물이 날 것만 같다. 오랫동안 다문화가정 한국어 지도를 하면서 만나온 그 어떤 여인에게서도 느껴보지 못한 인상이다.

얼마 후 글 한 편을 가지고 왔다. 「단비」라는 제목이다.

때 이른 봄비가 주룩주룩 내리는 날, 빗방울은 수업 준비로 정신없이 바쁜 그녀의 창문을 두드린다. '아주 잠깐만 쉬어 가라고.' 그녀는 커피 한 잔을 마시며 모처럼 쉼을 갖는다. 달콤한 커피 속에서 문득 아이를 한국에 데리고 오던 기억을 떠올린다. 아이와 함께 낯선 타국에서 살아가기 위해 비가 오는지 눈이 오는지도 모를 만큼 치열하게, 삶의 일선에서 투쟁하듯 살아온 자신을 돌아본다.

수년 전, 아이의 가방에서 우연히 이중 언어 양성과정 모집공고 광고지를 발견하고 이에 참여하게 되었다. 어떻게 얻은 기회인가 싶어 600시간의 과정을 꼬박 다 이수하고 최우수자로 수료, 강사 자격증을 땄다. 결코 짧은 기간이 아니었다. 그해, 수입 없이 공부하느라 고국에서 집 팔아가지고 온 돈을 몽땅 썼다. 아깝지 않았다고 한다. 무엇보다 꼭 하고 싶었던 일이었고, 그만큼 절실했기 때문이다.

그렇게 이중언어 지도 강사로서 일을 하게 되었지만 이 또한 그리호락호락하지만은 않았다. 학기 초부터 강의를 따기 위해, 또 강의 준비를 위해 동분서주했다. 몇 푼 쥐어든 시간 강사 강의료만 가지고 학교 다니는 아들과 생활하기엔 턱없이 부족했다.

수입을 물어 보았다. 시간당 강사료는 20,000원이 채 못 되었다. 일반적으로 지자체 또는 교육청에서 최소로 잡은 강사료가 30,000원인 것에 비하면 훨씬 적은 금액이다. 더 이상한 것은 초등학교 수업의 경우 1시간은 40분이 기준인데 오전 9시부터 내리 4교시 수업을 하고 나서도 1시간을 60분 기준으로 3시간 강사료를 주는 경우다. 간혹 4교시 수업을 하고 나면 그대로 4시간 강의료를 주는 곳이 있기는 한데 이는 담당 선생님의 배려라고 한다. 어떤 기준이 적용된 것인지 나로서는 도저히 납득이 가지 않는다. 내가 그렇게 느낄 정도이면 당사자는 어떠하겠는가.

차별인가? 실제로 한국인 강사 중에는 왜 우리가 저들과 똑같은 강의료를 받느냐 하는 사람도 있다고 한다. 마음 밑바닥에 저들이 한 단계 아래라 여기는 심중이 은연중 표출된 것이리라. 이는 외국인 근로자에겐 이미 아무렇지 않게 있어온 일이지만 학생들을 가르치는 강사들 사이에서도 일어나고 있을 줄이야.

그러나 그들에겐 기관을 상대로 개인이 나서서 따진다는 것은 생각지도 못한다. 자칫 그나마 얻은 강의 자리마저 잃게 될까 봐 입을 다물고 있는 형편이다. 우리도 불과 몇 십 년 전까지 다른 나라에 나가 눈물겹게 외화벌이를 하지 않았던가. 그런 우리가 언제부터 약소국가의 근로자, 이민자 위에 군림하게 되었는가.

　얼마 전부터 조심조심 심중을 글로 풀어 놓는 여인의 눈망울엔 여전히 그렁그렁 힘겨운 삶이 매달려 있다. 그저 긍정의 눈빛만 보내도 주르륵 설움을 쏟아낸다. 그러면서도 폐를 끼치지 않으려는 듯 얼른 몸을 날려 일에 앞장선다. 그 몸짓이 외려 더 마음을 아프게 하는 여인, 그 슬픈 눈망울을 통해 나를, 우리를 다시 보게 된다.

　그녀와는 어떤 인연이 닿았기에 그 먼 국경을 넘어 내게 온 것일까. '수필'이다. 문득, 컴퓨터 자판기의 글자를 두들기고 있는 고단한 내 손이 눈에 들어온다. 손 안팎이 모양도, 하는 일도 다르다. 그러나 손은 등과 바닥이 형태만 다를 뿐 한 몸이다. 손등만을 바라보면 마디마디와 힘줄이 보이고, 바닥만을 들여다보면 수많은 손금이 거미줄처럼 쳐져 있다. 전혀 다른 얼굴을 가졌다고 어찌 같은 손이 아니라 할 수 있겠는가. 손은 등과 바닥, 서로 다른 얼굴을 문지르며 시린 삶을 녹여가는 사람살이의 끈이 아닌가 싶다.

　서로 보듬으며 한 몸으로 살아가는 손, 그 인연의 끈을 맞잡는다. 그리고 외쳐본다.

　"하이파이브!"

김윤희 | 『월간문학』 수필 등단(2003년). 충북 진천 출생. 청주대학교 행정대학원 졸업. 한국문인협회, 충북수필문학회, 대표에세이문학회, 진천문협 회원. 수상: 대표에세이문학상. 저서: 수필집 『순간이 둥지를 튼다』 『소리의 집』. E-mail: yhk3802@hanmail.net

신 깜언

김현희

모든 존재는 인연에 의해 생겼다가 인연에 의해 멸한다고 한다. 사람과 사람 사이, 상황 또는 사물과 맺어지는 관계가 인연이라 한다면 살아가며 자신도 모르게 우연으로 시작되는 각양각색의 인연들, 어쩌면 필연일까.

1.

오래전 영화 〈인도차이나〉를 보고 난 이후부터 막연히 가고 싶다 생각했던 인도차이나반도의 하롱베이에 십여 년이 지난 이제야 가게 되었다. 하롱베이, 그 이름도 얼마나 예쁜가. 하롱베이는 하늘에서 내려와 나라를 구한 용들에 대한 전설 이야기가 어울릴 만큼 수천여 개의 섬이 환상적인 아름다움으로 가득한 곳이었다.

이렇게 여행 내내 하롱베이의 빼어난 절경과 빈펄리조트라는 숙소의 쾌적함으로 행복을 배가시켰던 이번 여행의 시작은 생각만큼이나 수월치 않았다. 늘 그렇듯이 우리 가족은 함께 가는 여행을 계획할 때면 출발 전부터 거의 몸살을 앓을 지경이다. 여행 계획을 세웠다가 포기하고 세웠다가 변경하고…. 소수만이 공감하는 그 이유는 우리가 키우고 있는 반려견 때문이다. 습관이 되어버린 아침, 저녁 두 번의 산책 시키기와 우리가 외출할 때면 유리 현관문 너머 슬픈 눈으로 바라보는 녀석의 모습을 외면한다는 게 쉽지 않아서이다. 특히 남편의 강아지 사랑은 평소에도 유별날 정도라 차라리 '여행의 즐거움'을 포기하고 '강아지 돌보기'를 자청하여 딸아이와 나 둘이서만 동유럽과 발칸 지역을 여행한 적도 있었다. 이렇게 7년 전 우연히 우리 가족이 된 강아지 '마루'는 이제는 자타공인 둘도 없는 우리 집의 작은 아들, 셋째 자식이다.

그런데다 우연찮게 녀석의 태어난 날짜도 내 생일과 같고 어쩌다 보니 우리 집으로 들어온 날짜도 아들아이의 생일이라는 점과 밖에서 잘 어울리지 못하고 혼자 놀기를 즐기는 성향도 나와 비슷해 더 애정이 가는 건 사실이다. 그 많고 많은 강아지 중에 우리 강아지가, 유독 그 많은 가족들 중에 우리 가족에게 와서 이렇게 웃음과 지극한 행복을 주는 것을 보면 우리와는 어떤 인연이라는 실타래로 엮인 듯싶다. 하롱베이의 기암괴석과 동굴 속 탐험을 하면서 동굴에서 떠나간 주인을 기다리며 돌이 되었다는 전설을 가진 강아지 화석이 예사롭지 않아 보였다. 인연의 무게가 가볍지 않은 만큼 우리 강아지가 이 세상을 다하는 날까지 가족처럼 잘 보살펴야 하리라는 책임감을 넘어선 이 감정이 어쩌면 가족처럼 함께한 의리 같은 게 아닐까 하는 생각이 들었다.

2.

하롱베이 선상에서 한나절의 시간은 평화롭고 경이로웠다. 우리 팀은 이른 시각 숙소에서 출발해서인지 선착장이 번잡하지도 않았고 대체로 유람선 한 척을 전용으로 이용하는지라 다른 일행과 섞일 염려도 없었다. 그저 아름다운 경치에 취하고, 다양한 해산물에 곁들인 낮술이 주는 그 특유의 분위기에 취하고…. 그야말로 무릉도원을 즐기는 기분이랄까. 우려했던 우기의 날씨와 달리 유월의 하늘은 맑고 투명했으며 바람도 적당히 불어 시원했다.

해가 조금씩 저물어가는 시각, 우리는 단체로 마사지샵이란 곳을 가게 되었다. 바로 내가 우려하던 시간이다. 요즘에는 한국에서도 대중화되어 젊은 사람들도 선호할 만큼 많은 이들이 찾는 곳이다. 하지만 나는 평소 기피하는 대상인데 베트남여행상품 일정에 포함되어 있고 내가 하지 않으면 예약된 내 담당 직원만 팁을 못 받으니 그 또한 마음이 불편한 일이다. 이번 기회에 선입견을 깨고 피로도 풀 겸 한번 해보라는 권유도 있어 용기를 가지고 마사지를 받게 되었다. 그렇다. 나에게 마사지란 우스운 일이지만 최소한 용기를 가져야 할 수 있는 일이다.

남녀로 나뉘어 각 방으로 흩어져 옷을 갈아입고 침대에 누웠다. 발마사지 정도면 좋은데 더욱이 전신마사지라니…. 이게 뭐라고 긴장이 되어서인지 진찰실 침대에 누운 것처럼 손바닥에 땀이 나기 시작한다. 그 와중에도 학창시절 미팅 파트너 기다릴 때처럼 내 담당이 누구일까 약간 설레기도 하니 참으로 복잡한 감정이다.

직원 여러 명이 함께 들어와 손님 침대 옆에 한 명씩 앉는다. 내 짝은 단아한 얼굴에 긴 머리를 묶은 차분한 인상의 20대 아가씨다. 마음이 조금은 편안해진다. 먼저 뜨거운 약탕에 발을 담그게 하고 안마를 시작한다. 자주 안마를 받는 이들은 세게 해주는 것을 좋아한다지만 사실 나는 즐기지도 않거니와 시간만 채우면 될 일이다. 나를 담당할 시간만이라도 좀 편하게 해주고 싶어 '약하게' '천천히' 라는 말을 건네니 알아듣고 웃는다. 참 예쁘다. 문득 딸아이가 생각났다. 얼굴에 상큼한 향이 나는 오이를 바르고 발마사지도 하고 오일을 발라 다리도 주무르고 등에 스톤 마사지도 하였다. 나는 그렇게 두 시간을 벌 서는 기분으로 견뎠다. 최소한 나에게는 그런 시간이었다.

그 두 시간 동안 내 머릿속에는 많은 생각들이 스쳐 지나갔다. 옆의 손님들은 편안한지 새근새근 숨소리를 내며 잠이 들었고 담당 아가씨들은 온 힘을 다해 노동 중이다. 직업이라지만 왠지 안쓰럽다. 딸아이

같은 느낌이라 더 그런 생각이 들었을까. 어쩌면 이 아이들은 한 가정의 수입을 책임지는 가장일 수도 있을 테지. 괜히 코끝이 찡하다. 마음 속으로 너희도 다음 생에는 다른 나라에 관광도 하러 가고 남에게 하는 마사지가 아닌 받는 편안한 생이 되길 바란다는 기원을 했다. 그러고 보면 여기서 많은 사람들 중에 만난, 그리고 내 생애 처음으로 만나 마사지를 성심껏 해준 아가씨도 나에게 특별한 인연으로 기억되리라.

어쩌면 인연이라는 것은 우리가 살아가는 도처에 존재하는 것인지 모른다. 사람으로, 사물로, 때론 상황으로…. 이번 여행은 우리가 어디서 어떻게 마주치는 모든 인연들을 어떤 마음가짐으로 대해야 할지 한번 생각해 보는 여행이기도 했다.

모든 순서를 마치고 팁을 건네며 진심을 담아 인사했다. 어쩌면 지나간 나의 모든 인연들에게 인사하는 마음이기도 했다.

"쩐 깜언!(고맙습니다!)"

김현희 │『월간문학』수필 등단(2004년). 한국문인협회, 한국수필가협회 이사. 대표에세이문학회 회원. 부산대학교 졸업. 박물관대학 수료. 수상: 대표에세이문학상. 저서: 수필집『진주목걸이』. E-mail: hyun103@hanmail.net

비비추

곽은영

처음 본 비비추는 화려하지 않았습니다. 길쭉한 보랏빛 꽃망울이 옹기종기 모여 있는 꽃. 하지만 꽃말은 강렬한 인상을 남겼습니다.

- 하늘이 내린 인연!

평생 함께할 인연이라면 분명 하늘이 정해 준 운명이 맞겠지요? 어쩌면 우리들은 그 운명과 만나기를 기다리는지도 모르겠습니다. 두근두근 설레는 마음으로 말입니다.

그런데 여기 아주 특별한 인연을 꿈꾸는 사람들이 있습니다. 두근거리는 설렘은 아닙니다. 그보다 간절한 소망을 품고 기다리는 사람들이라고 할 수 있습니다. 오늘의 아픔을 견디고, 내일의 희망을 꿈꾸는 사람들. 물론 저는 그 사람들과 만난 적은 없습니다. 하지만 앞으로 만날 날을 기다립니다. 그 특별한 인연을 꿈꿉니다. 저는 바로 '장기 기증 서약자'입니다.

제가 장기 기증 서약서를 쓴 지도 벌써 10년이 지났습니다. 앞으로 만날 새 인연이 무척 기대가 됩니다. 저는 제 장기와 특별한 연이 닿는 사람들을 이렇게 말하고 싶습니다.

　　- 비비추 인연!

"장기 기증을 왜 해요?"

사람들은 물었습니다. 친구들조차도 도통 알 수 없다는 표정으로 바라보았습니다. 제 가족까지 말입니다. 물론 특별한 종교적인 이유도 없었습니다. 누군가의 강요도 없었습니다. 그래서 더 궁금한 얼굴이었습니다.

저는 조용히 엄마의 무덤을 떠올렸습니다. 제가 6살 때 엄마는 병으로 돌아가셨습니다. 해마다 저는 엄마를 만나러 묘지를 찾아갑니다. 엄마의 무덤 앞에 서면 참 반갑습니다. 울컥, 그리운 마음에 눈물이 한 줄기 흘러내렸습니다. 하지만 밀려오는 갈증이 하나 있었습니다. 제 기억 속에는 엄마의 얼굴도, 목소리도 별로 남아 있지 않다는 것이었습니다. 그럴 때마다 흑백 사진 한 장만 물끄러미 들여다보곤 했습니다.

그러던 어느 날이었습니다. 저는 사뭇 진지한 표정으로 생각에 잠겨 보았습니다.

'만약 저기 누워서 흙이 되지 말고 누군가의 몸으로 다시 생명을 이어간다면 어떨까?'

엄마의 눈동자를 통해 누군가는 다시 세상을 바라볼 수 있고, 엄마의 심장으로 안타까운 누군가의 생명을 살릴 수 있다면…. 그 가치를 나눌 수 있다는 것이 참 멋지다는 생각이 들었습니다. 하물며 종이도 재활용되어 새로운 인생을 시작하는데 말입니다. 거창한 일도 아니고, 큰돈이 드는 것도 아닙니다. 누군가 절실하게 필요한 사람에게 선물이 되는 것도 즐겁다는 생각이 들었습니다. 제 몸이 이 세상을 떠날 때 마지막으로 할 수 있는 참 기쁜 일입니다.

"남겨진 이들을 생각해야지요."

129

누군가 저에게 이렇게 말하기도 했습니다. 가족이나 친구들이 저를 그리워할 때 가끔 찾아올 곳이 필요하다고요. 하지만 전 웃으며 이렇게 말하고 싶습니다.

저를 추모하는 곳은 커다란 무덤도 아니고 화려한 납골당도 아닙니다. 잘 꾸며진 넓은 수목장도 아닙니다. 사진 한 장으로 충분합니다. 또 있습니다. 남겨진 이들에게 무덤이나 납골당을 관리해야 하는 부담을 주고 싶지 않습니다. 한 푼이라도 정중히 사양합니다.
마지막으로 저는 장기 기증을 하고 남은 몸은 의대에서 해부용으로 쓰면 참 좋겠습니다. 그리고 할 일이 다 끝난 몸은 한 줌 재가 되고 싶습니다. 휘이휘이 저 멀리 바람에 날아가고 싶습니다. 아주 홀가분하게 말입니다.

장기기증을 왜 해야 하는지 어떤 특별한 설명을 할 재주는 없습니다. 아주 유명한 사람도 아니고, 엄청 근사한 몸도 아니니까요. 그냥 평생 열심히 살아온 보통 몸이랍니다. 어느 날 마지막으로 떠나는 길이 오면, 저 하늘이 내린 인연으로 작은 선물이 되면 좋겠습니다.

'기증'이라는 인연을 평생 기다리는 사람들이 있습니다. 그 간절한 소망, 기적이 아니라 얼마든지 이루어질 수 있는 꿈입니다. 작고 평범한 제 몸이 누군가에게 평생 기적으로 연이 닿는 일, 참 멋진 일이라고 생각합니다.

저는 제 몸이 누군가의 인연으로 선물이 되기를 희망합니다. 하늘이 내린 인연으로 새롭게 이 세상과 마주 서게 된다면 좋겠습니다. 마지막 가는 길에 인생을 열심히 살다 간 선배답게 말입니다. 그리고 이제 인생을 다시 시작할 후배의 행복을 빌어봅니다. 이 세상이 보다 넉넉해지기를 빌어봅니다. 이보다 하늘이 내린 특별한 인연이 또 있을까요?

비비추의 꽃말처럼 하늘이 내린 인연으로 누군가와 만나기를 소망합니다. 이 세상을 떠나갈 때 그대의 인연으로 다시 만나기를 바랍니다. 제 비비추 소망이니까요. 보랏빛 꽃망울이 활짝 피어나면, 그 향기가 저 멀리 작은 소망을 전해주기를 진심으로 바랍니다.

- 보랏빛 향기로!

곽은영 | 『월간문학』 수필 등단(2007년). 한국문인협회, 대표에세이문학회 회원. 수상: 동서문학상(2012년, 동화부문). 저서: 공저『교과서에 싣고 싶은 수필』『골목길의 고백』등. E-mail: kwakkwak0608@hanmail.net

인연의 덫

김경순

해혼, 졸혼, 휴혼은 요즘 우리 사회에서 회자되고 있는 부부의 또 다른 모습이다. 그것은 결혼기간 동안 가족 부양을 하느라고 힘들게 살아 왔던 사람들이 일정기간 휴식기간을 갖고 취미생활도 하면서 사생활을 즐기자는 것이기 때문이다. 어찌 보면 이러한 부부의 모습들이 급증하는 이혼을 막을 수도 있겠구나 싶다.

누구의 남편, 아내가 아닌 한 사람의 인격체로서 당당히 자신의 꿈을 찾아 떠나는 제2의 인생길을 여는 일은 가슴 떨리는 일이 되리라 본다. 어느 날, 당연히 있어야 할 배우자의 부재는 어쩌면 다시 한번 욕망의 대상으로 재인식하게 되는 기회가 될 수도 있으며, 이러한 휴지기를 가짐으로써 서로에게서 받은 상처를 치유하는 소중한 과정도 체험하게 되리라 믿는다.

우리 부부도 어느새 결혼한 지 30년이 되었다. 세상의 바다에서 우리는 서로에게 위안과 상처를 주고받으며 견뎌왔다. 내가 결혼할 때만 해도 어느 결혼식장이건 '검은 머리가 파뿌리가 될 때까지 부부는 서로 사랑해야 한다' '죽음이 서로를 갈라놓을 때까지 평생을 함께해야 한다'라는 말은 주례사의 단골 메시지였다. 하지만 헌신적인 부부의 사랑이 과거에는 '필수'였다면 지금은 '될 수 있으면'으로 바뀌어 가고 있는 것이 현실이다.

연인들에게 '사랑'이라는 말이 조건 없이 서로를 '욕망'하게 만드는 말이라면, 부부에게 '사랑'이라는 말은 서로에 대한 '헌신'이 전제되었을 때 나올 수 있는 말이라는 생각이 든다. 우리 부부에게도 '사랑'이라는 말은 그리 쉬운 말은 아니다. 남편은 꼭 말로 해야 아냐고 한다. 하지만 여자는 말로 해야 안다고 대꾸하는 내 속엔 욕심이 자리하고 있다는 것을 안다. 우리는 서로에게 무뎌지고 익숙해진 지 오래다. 더불어 포기도 쉬워졌다. 그래서일까. 해혼, 졸혼이라는 말이 과연 우리에게도 가능한 일인지 먼 나라 이야기처럼 느껴진다.

세상은 이렇듯 가치관도 모습도 빠르게 바뀌어 가고 있는데, 나는 아직도 산골짝 돌개울의 여울 바닥에 바짝 엎드린 작은 자갈돌처럼 버거운 세월만 탓하고 있다.

김경순 | 『월간문학』 수필 등단(2008년). 한국문인협회, 음성문인협회, 대표에세이문학회 회원. 수상: 충북여성문학상, 대표에세이문학상. 저서: 수필집 『달팽이 소리 지르다』, 산문집 『애인이 되었다』.
E-mail: dokjongeda@hanmail.net

양연良緣

김경순

세상을 살아가다 보면 많은 사람을 만나게 된다. 그 많은 관계 속에서 잠깐의 만남을 끝으로 잊혀지기도 하고, 때론 지속적인 인연이 되기도 한다. 하지만 그 속에는 그 관계가 이어져, 일가친척과 혈연보다 더 끈끈한 인연도 만들어진다. 바로 '양연'의 관계다. 아름답고 좋은 인연 '양연', 내게는 그런 인연이라 말할 수 있는 사람들이 몇 있다. 그중에서 문우의 정을 나누며, 친동기간 이상으로 마음을 주고받는 두 분의 이야기다.

한 분은 만학의 길을 함께 한 동기생 S, 또 한 분은 만학의 길을 걸으셨지만 후배인 K. 우리 셋의 공통점이라면 같은 대학, 같은 과를 나와 수필을 쓰고, 같은 문예지로 등단하여 지금은 동인으로 활동하고 있다는 점이다. 게다가 우리 셋은 5년 전부터 남편들까지 끌어들여 부부 모임으로 연을 이어가고 있다. 나이가 제일 어린 내가 십 년 전 등단을 했고, K 언니가 4년 전, S 언니가 2년 전에 등단을 했다. 주위에서 우스갯소리로 내가 전도를 잘했다고 하지만 그동안 열심히 각자 노력해 온 결과이다. 절심함을 가지고, 쉼 없이 공부하며 많은 습작을 한 사람만이 누릴 수 있는 일이기에 우리는 서로를 칭찬해 주고 축하해 주었다. 그래서일까. 남편과 아이들, 친형제에게도 터놓지 못하는 얘기도 우리의 만남에서는 스스럼없이 풀어놓을 수 있다.

얼마 전 수원의 500년 된 느티나무 노거수가 장맛비에 쓰러졌다. 조선 정조 대왕이 수원화성을 축조할 때 이 나무의 나뭇가지로 서까래를 만들어 썼을 만큼 그 내력이 깊은 나무였다. 하지만 나무도 나이를 먹다보니 공동이 생기게 되고 그 속으로 크고 작은 바람이 오고 갔을 터이다. 오래된 나무도 결국은 세찬 비바람 앞에 속수무책으로 쓰러졌으리라 생각된다. 사람은 나무처럼 오래 살지 못함에도 짧은 일생에서 많은 시련과 위기를 맞닥뜨리곤 한다. 그리고 더러 어떤 이의 마음에는 크고 작은 공동이 생겨난다. 나무의 공동을 채워 주는 것이 시멘트라면, 사람의 공동을 채워주는 것은 따뜻한 마음이라고 할 수 있다. 그리 튼튼하지 않은 내 나무는 자의와 타의로 크고 작은 공동이 생기곤 했다. 만약 내게 이런 '양연'이 되어주는 두 분이 없었다면 지금의 내 모습은 어땠을까.

맑았던 하늘은 금세 먹구름이 드리우고 있다. 또 얼마나 많은 비가 내릴지 모르겠다. 하지만 곁에 따뜻한 '양연'의 마음을 가진 사람이 있으니 걱정하지 않는다. 아무리 바람이 불고 비가 세차게 내린다 해도 빗속을 함께 걸을 수 있는 사람이 있다는 건 행복이다. 그래서 나는 지금 행복하다.

김경순 | 『월간문학』 수필 등단(2008년). 한국문인협회, 음성문인협회, 대표에세이문학회 회원. 수상: 충북여성문학상, 대표에세이문학상. 저서: 수필집『달팽이 소리 지르다』, 산문집『애인이 되었다』.
E-mail: dokjongeda@hanmail.net

꼬망딸레부

comment allez-vous

허해순

      끝물의 능소화 꽃잎이 나뒹굴고 구절초와 꽃향유, 쑥부쟁이 사이로 부전나비 나풀거리던 그곳에서 타임머신을 탔다. 유학을 포기하고 주부로 살다 강남에서 남쪽 섬으로 날아간 사연과 그곳의 일상을 얘기하며 30여 년 만에 선생님과 해후했다. 호수 같은 바다가 보이는 곳에 터를 잡고 쑥대밭을 화초밭으로 가꾸며 도자기를 구우러 나들이하고 섬사람들과 살아가는 선생님의 삶을 나는 전혀 예상하지 못했다.

    "봉주르 마담, 꼬망딸레부"라고 웃으면서 인사하자 아직도 그때 배운 걸 기억하냐면서 선생님은 감개무량한 표정을 지었다. 불어시간에 배운 상송을 메들리로 불러보았다. 쉬는 시간, 점심시간, 청소 시간이면 삼삼오오 모여서 배운 상송을 익히느라 시끌벅적했고, 학교행사가 있을 때마다 상송 떼창이 이어지며 막판에는 선생님 생음악으로 마무리를 해야 직성이 풀렸던, 그렇게 동문들에게 추억을 심어준 선생님. 인형 같은 생김새와 비음 발음이 이어지다 미소로 마무리 지어지는 입술에 매력을 느끼지 않을 십대 소녀들이 있었을까 싶다.

"저 옷 어디에서 샀을까?"라며 내 짝꿍이 속삭였다. 우리는 여고 일학년 신입생이었다. 홀치기 날염한 카키색 티셔츠에 짧은 스타킹을 신은 캐주얼 차림은 정장차림의 다른 선생님들과 대조적이었다. 30년도 더 지난 만남에서 나는 그때 왜 우리 반 담임을 그만두었는지 여쭈었다. 소문은 선생님이 곧 유학을 갈 것이라고 났었다. 그 소문이 사실이기도 했고 몸이 약해서 힘들었다고도 한다. 성 바오로 서점의 단골손님을 수녀님의 소개로 만나 프랑스 정부 장학금을 포기하고 결혼했다고 한다. 음악을 하는 작은아들이 파리의 중학교에 입학할 때 함께 가서 여러 해 동안 아카데미 그랑쇼미에르에서 그림을 그리다 아들이 조영창 선생님이 재직하고 있는 독일로 대학을 가게 되자 귀국해서 결국에는 섬에서 살게 된 경위를 알게 되었다.

그곳 섬에서 김도 부쳐주시고 가끔 전화와 메시지를 주고받으며 지냈다. 전복 먹으러 오라는 성화에도 먼 길이라 차일피일 미루기만 했다. "너에게 전복죽 한 그릇 끓여주고 싶어서 그래…." 선생님은 그동안 섬 생활 일기를 통째로 보내주어서 아주 소상히 선생님의 일상과 내면을 알게 되었다. 사부님이 퇴직하자 새로운 사업으로 전복양식을 하러 내려가면서 그곳에서 그림을 그리게 해주겠다고 했다 한다. 도시 사람의 섬 생활은 낭만이 아니라는 걸 체험하며 쓴 수기는 고독과 노동으로 지친 일상뿐 아니라 보랏빛 섬과 고흐의 별과 산짐승과 산새들, 소나무와 애완동물들과의 교감이 그림처럼 묘사되어 있다. 책을 내면 참 좋겠다고 권유했는데 십여 년이 흘러 출간하고 그곳에서 그린 그림과 도자기까지 함께 전시했다. 작은아들이 연주하는 바흐의 무반주 첼로 모음곡을 들으며 중국에 사는 큰아들도 만났다. 선생님은 큰아들이 보헤미안이라고 했는데…. 멋있었다.

선생님에게 섬은 연민이라고, 떠날 수도 버릴 수도 없는 사랑하는 이와 같다고 한다. 꽃을 가꾸는 선생님에게 빅토리아섬 부차드 가든에서 꽃씨를 구해 타샤 튜더의 책과 함께 선물했었다. 일하러 가다 아름다운 정원 앞에서 잠시 멈추고 연신 감탄하다 가는 섬마을 주민들, 덫에 걸린 고양이를 살려주려다 물려서 죽을 뻔하고 이웃의 알코올 중독자를 돌보는 고운 심성의 요정. 수없이 마음속으로 갈등하다 여쭈었다. 그때, 장애인 차별금지법이 있기 전 청각장애를 가진 그 친구가 어떻게 입학문턱을 넘게 되었는지…. 나는 그 친구와 한반이었다. 그 친구가 도서관에서 자기 속사정을 털어놓을 때 입학 경위를 얼핏 비췄지만 그때 나는 선생님의 도움이란 말만 마음속에 저장하고 묻었다. 한 세대가 더 지난 후에 선생님이 청력검사를 자원했고 합격판정과 그 후 여러 가지 난관을 극복한 말씀을 잔잔히 들려주셨다. 그러면서 참 어려웠다고 회상하신다. 장병 위문 가서 이브 몽땅이 부른 〈고엽〉을 부르고 사단장과 장병들을 감동시켜 즉석에서 모교 후원 장학금을 조성하고 지속해서 그 친구를 후원하게 되었다는 사연도 알게 되었다. 선생님에게 맨 처음 배운 상송 〈고엽〉은 우리 동기들의 애창곡이자 추억송이다. 낮고 여리고 불쌍한 존재를 사랑하면서, 그림과 도자기와 꽃과 고양이와 애견들과 함께 생활하는 줄 알면서도 나는 또 선생님을 만나면 "꼬망딸레부"라고 인사할 것이다.

허해순 | 『월간문학』 수필 등단(2009년). 전북대 사범대 졸업. 한국문인협회, 대표에세이문학회, 송파문학회, 미래수필문학회 회원. 수상: 전국 소월백일장(수필). 저서: 공저 『마흔다섯 개의 느낌표』 『담장을 허무는 사람들』 등. E-mail: nobleher@hanmail.net

어떤 동거

허문정

승강장 옆 전봇대에 까치가 둥지를 틀기 시작하면 한전 철거반이 나와 거둬내기를 여러 차례, 그들의 실랑이는 끝이 없을 듯했다. 길조라는 까치의 산뜻하고 귀여운 이미지와는 다르게 오기랄까? 까치의 대단한 고집을 보며 흥미로웠다. 계속 둥지가 헐리자 까치는 전봇대에서 십여 미터 떨어진 우리 집 마당 팽나무에 둥지를 틀기 시작했다. 사람이 사는 집에 같이 살겠다고 들어오는 두둑한 배짱이 놀라웠다.

까치 두 마리가 높이 7미터쯤 되는 높이에서 세 갈래로 갈라진 가지 사이에 둥지를 트는데 물고 온 나뭇가지나 짚 따위를 아무데나 놓지 않고 이리저리 꼼꼼하게 대본다. 영리하고 섬세한 까치의 모습을 지켜보며 흔한 텃새로만 여겼던 까치에게 애정과 관심이 생겼다. 까치는 노련한 솜씨로 큰 접시 모양을 만들더니 차츰 가마솥 모양이 되고 마침내 둥그런 둥지를 완성하여 허공에 띄웠다. 일생을 다 바쳐도 집 한 채 장만하지 못하는 사람들이 많은데 짧은 기간에 돈 한 푼 들이지 않고 집을 완성하는 까치가 마냥 부러웠다.

까치의 신혼집을 올려다보는 재미가 쏠쏠했다. 두 마리가 꼭 붙어 잠들었을 모습을 떠올리면 어여쁘고, 차가운 밤이슬을 맞고 오들오들 떨 것을 생각하면 가만히 올라가 얇은 이불이라도 덮어 주고 싶었다. 비가 오는 날은 더욱 안쓰러웠다. 생김새가 똑같아 암수 구분은 어려웠지만 둥지를 지키는 까치가 암놈이라는 것을 나중에야 알았다. 처음 까치가 왔을 때는 깟깟거리는 소리가 자주 들렸는데 둘만의 달콤한, 사랑의 세레나데가 아니었을까.

사월로 접어들며 삭막하던 팽나무 가지에 새순이 돋고 보드라운 연두 이파리가 바람에 살랑댄다. 이파리들이 눈치챈 듯 까치의 신혼집을 은밀하고 아늑하게 가려준다. 날이 갈수록 까치 소리가 줄어들더니 하순에 들어선 지금은 새벽녘에나 조금씩 들린다. 아마도 알을 낳아 이미 까지 않았나 싶다. 망원경이라도 있으면 자세히 살펴보겠으나 그러지 못해 아쉽다. 새벽녘이면 거의 일 분 간격으로 둥지를 들락거린다. 새끼들에게 먹이를 물어 나르는 모양인데 작은 부리에 먹이를 넣어주며 얼마나 흐뭇할까. 둥지가 헐리던 아픔도 다 잊었을 듯하다.

처음에 까치가 둥지를 틀기 시작할 때는 잠시 망설였다. 텃밭의 과일이나 채소가 남아날 것 같지 않아서다. 하나 전봇대에 튼 둥지가 수없이 헐리는 것을 보아왔고 저도 살겠다고 우리 집을 찾아왔는데 야박하게 쫓아낼 수는 없었다. 앙상한 팽나무에 까치둥지가 올라앉은 모습은 어찌 보면 시적인 풍경이다가도 어찌 보면 생뚱맞아 눈에 거슬리기도 했는데 어쩌랴, 까치와 나의 동거는 이미 시작되었으니.

아침에 일어나면 블라인드를 올리고 먼저 까치둥지를 쳐다본다. 둥지 안에 잠들어 있을 새끼 까치들을 생각하면 사랑스럽고 어미 까치의 깟깟거리는 소리는 상쾌하다. 나보다 먼저 일어나 새끼에게 먹이를 물어 나르는 까치, 가만 지켜보니 까치는 단번에 제 둥지로 날아들지 않고 둥지 근처에 앉은 다음 폴짝폴짝 두세 차례 뛰어 방향과 자세를 잡은 뒤 들어간다. 전깃줄에 앉아서도 균형 잡기가 어려운지 긴 꼬리를 연신 쫑긋쫑긋 치켜세운다. 하는 짓마다 내 아기처럼 예쁘고 귀엽다. 어미 까치는 멀리 가지 않고 잠깐 내려왔다가 바로 올라가는데 새끼를 보호하는 모성이 갸륵하다.

이제 5월로 접어들면 까치둥지는 무성한 잎에 가려져 잘 보이지 않을 테지만 나는 새끼가 잘 자라 날아갈 때까지 푸근한 마음으로 지켜볼 요량이다. 늦가을 낙엽이 모두 지고 나서야 덩그러니 남은 둥지를 보게 될 터, 행여 까치가 모습을 보이지 않더라도 금슬 좋은 까치와 한 울타리 안에서 동거한 인연은 쉬이 잊지 못할 것 같다. 까치가 떠나기도 전에 이별을 예감하는 것은 어쩌면 내 안에 자리한 그리움 때문인

143
허문정

지도 모른다. 아침에 까치가 울면 좋은 소식이 오려나 본다며 좋아하던 할머니가 혹여 손녀딸의 안부가 궁금하여 까치로 환생해 찾아온 건 아닐지.

올려다보는 나를 둥지 속에서 몰래 내려다보고 있을지도 모를 까치, 저에게 가슴을 내어 준 팽나무만큼이나 둥지를 헐지 않아서 고맙다고 매일 인사를 하는데도 내가 못 알아듣는지 모른다. 올해 우리 텃밭 농사를 망쳐놓을 게 빤하지만 한적한 시골집에 생기를 불어 넣어주고 따뜻한 풍경이 되어 주는 까치에게 오늘 아침에는 꼭 한번 물어봐야겠다.

"반타작이야 되겠지?"

허문정 | 『월간문학』 수필 등단(2009년). 한국문인협회, 광주문인협회, 대표에세이문학회, 무등수필문학회 회원. 저서: 공저『골목길의 고백』『마흔다섯 개의 느낌표』외 다수. E-mail: shin_saimdang@hanmail.net

옥빛 눈동자

김진진

결혼한 지 일주일 지났을 때였다. 저녁 식탁에서 남편이 직장생활은 10년만 하고 무역회사를 세우겠다고 말했다. 창밖을 스쳐가는 가을바람 소리려니 하고 웃어넘겼다. 서초동에 위치한 한국자동차산업협동조합(KAICA) 국제협력과에서 국제업무만 담당하는 것이 전문분야이니 한 번쯤 해본 생각이려니 짐작했다.

KAICA는 국내 유일의 자동차부품산업계 단체로 업계의 이익을 대변하고 대정부 활동 및 수출지원과 알선 등 부품업계의 세계시장 진출을 지원하는 곳이다. 산하에는 매출실적이 매우 높은 중소기업 협력업체들이 모두 858개 사가 가입되어 있으며 부품업체의 증가 등으로 매년 그 수가 늘고 있다. 이들 중 현재 국내 자동차 회사인 현대, 기아, 한국지엠, 르노삼성, 쌍용, 대우버스, 타타대우 상용차 같은 대기업과 직접 거래하고 있는 기업체는 242개 사이고 중소기업이 616개 사이다.

삼성동 한국무역센터(코엑스)를 찾아오는 외국 바이어들 중에서 자동차부품을 전문으로 구매하는 사업가들을 국내의 자동차부품업체와 연결해 주는 것이 그의 주된 업무였다. 영어라면 발군의 실력을 갖춘지라 무역센터를 드나들 때마다 외국인들을 만나고 산하업체들과 연결해 주다 보니 무역에 관심을 갖는 것은 당연지사였을 법하다.

결혼한 지 8년이 지났을 때였다. 퇴근해서 현관에 들어서던 남편이 다짜고짜 한마디 툭 던졌다. "나 오늘 회사 사표 냈어. 무역회사 차릴거야!" 그러더니 구두를 벗기 무섭게 혼자 쓰는 서재로 들어가 문을 닫아 버렸다. 순간적으로 가슴속에서 무언가가 쿵 내려앉는 서늘한 기분이었다. 그 일에 관해 지금까지 단 한 번도 상의해본 적이 없었으니 이게 웬 날벼락인가 싶었다. 가만 헤아려보니 그가 입사한 지 10년 9개월 만이었다. '한번 한다면 기필코 하는 성격이구나.' 하고 내심 놀랍기만 했다. 그날 저녁부터 본인이 알아서 하겠거니 하고 일체 어떤 간섭도 하지 않았다. 다만 내 일이 바빴을 뿐이었다.

첫 거래가 시작된 사람은 프랑스 바이어였다. KAICA에 근무할 때부터 알고 지내던 사이로 나이도 엇비슷했다. 이제는 서로 사업가 대 사업가로 만나게 되었으니 각별히 신경을 써야했다. 평소에도 깔끔함이 지나쳐 유별나기까지 했던 남편은 바이어 접대를 외부가 아닌 집으로 정해버렸다. 그때마다 며칠 전부터 요리는 무엇으로 해야 할지 그 내용부터 주류, 안주에 이르기까지 신경 써야 할 게 한두 가지가 아니었다.

처음으로 저녁식사에 초대했던 날은 어느 초가을 오후였다. 대문을 밀고 들어선 이 프랑스 바이어는 군살 없이 적당한 키였다. 빛바랜 쑥색 바지 위에 연하고 연한 풀물이 배어들다 말고 빠져나간 것처럼 밝게 가라앉은 연둣빛 셔츠 차림이었다. 오래 묵은 산사의 소나무 문살 같은 갈색 머리에 아스파라거스로 감싼 연분홍빛 하노이 꽃다발을 든 모습이라니! 그 전체적인 색감들의 깊고 은은한 어울림은 첫눈에도 이제껏 온갖 물감을 다 주물러본 내 눈동자에 윤기가 돋아나는 것을 스스로 감지할 지경이었다. 그런 내색을 감춘 채 그가 내민 꽃다발을 받아들며 유심히 살펴보니 그의 눈은 제주도의 성세기 해변처럼 깊고 푸른 옥빛 눈동자였다. 다소 고집이 엿보이는 사각턱과는 달리 약간의 어색함이 담긴 표정에는 어딘가 수줍은 소년티가 묻어났다. 남편과 무슨 할 말들이 그리 많던지 새벽 1시가 다 되어서야 자신이 묵고 있는 힐튼 호텔로 돌아갔다.

두 번째 식사 초대는 그로부터 7년쯤 지난 늦가을 저녁이었다. 도착 전에 남편으로부터 각별한 부탁의 전화를 한 통 받았다. 프랑스 바이어가 사업상 긴급한 사정이 생겨 내일 새벽 첫 비행기를 타고 중국으로 출국을 해야만 한다. 중국에서 또 다른 나라를 거쳐 프랑스로 돌아가기까지 5일 정도는 더 소요된다는 것이다. 셔츠 몇 벌이 세탁은 다 되어있지만 미처 다림질이 안 되었으니 수고를 좀 해달라는 거였다. 여러 기업체들과의 만남으로 시간상 겨를이 없어서 그렇겠거니 하고 순순히 그러마했다.

불빛 아래 들어선 그의 옷차림은 언뜻 보면 검다 싶은 와인빛 바지 위에 탈색이 될 대로 된 것 같은 희미한 회색 셔츠와 어딘가 스민 듯 만 듯 붉은 빛이 연하게 얼비치는 중간 톤의 회색 점퍼. 멋진 조화였다. 평범한 생김을 일시에 상쇄해 버리는 빛깔들의 조화는 도무지 저런 색감의 옷들은 어디서 구했을까 싶게 궁금증을 자아냈다. 그가 선물한 향수에서 물안개 그친 이른 새벽, 봄 언덕의 여린 풀꽃 향내가 났다.

식사와 병행하여 두 사람의 진중한 밀담이 진행되는 사이, 다른 방에서 다림질을 했다. 여섯 벌의 셔츠는 모두 색이 달랐다. 첫 번째 셔츠를 펼쳤을 때 갑자기 수많은 생각들이 머릿속을 오가기 시작했다. 목둘레의 꺾인 부분과 손목 가장자리의 섬유들이 지나온 시간의 오랜 흐름을 선명히 보여주었다. 안쪽 부분은 겉면보다 조금 더 진한 빛깔을 지닌 것도 있었다. 다섯 벌 모두가 마찬가지로 나머지 한 벌만 구입한 지 얼마 안 되었음직했다. 애초의 색들과 거기에 어울리는 각각의 바지들을 상상하면서 낡고 빛바랜 멋스러움과 함께 어떤 친밀감, 무언의 신뢰가 느껴졌다. 그것은 폐포파립敝袍破笠이 아니라 허장성세虛張聲勢하지 않는, 참다운 사업가의 건실함을 뚜렷이 말하여 주는 듯했다.

서울에서 부산까지는 477km, 파리까지는 8,976km이다. 거의 19배에 이르는 먼 거리이다. 그의 사무실은 파리 시내에 있으나 집은 약간 떨어진 파리 근교에 있다. 만 평이 넘는 자기 소유의 대지 위에 집을 짓고 이른 아침마다 말을 타고 정원을 한 바퀴씩 도는 것이 하루 일과의 첫 시작인 부호이다. 한 달에 한 번씩 자동차 핵심 부품들을 주문하면 각 기업에서 생산에 돌입하고 포장이 끝나면 대형 컨테이너에 실려 부산 항만에서 배로 선적된 다음 프랑스까지 배달되었다. 그는 매월 제품이 선적되기 일주일 전이면 틀림없이 물품대금을 송금했다. 지난 24년 동안 한 달에 한번 씩, 단 한 번도 오차가 없이 약속을 지켰다. 다른 미주 지역이나 유럽 지역, 스페인, 아르헨티나, 칠레, 아프리카 등 여러 바이어들 중에서도 가장 확실했다. 지구 저편의 멀고 먼 나라에서 짙고 푸른 옥빛 눈동자의 사나이가 보내오는 정확함과 철두철미함. 거기에는 알 수 없는 신비의 끈이 서로를 강하게 묶고 있는 것처럼 느껴진다. 오늘도 해진 소맷자락을 당당히 걷어 올리고 거침없이 일에 열중하고 있을 것만 같은 그의 진지한 모습이 눈앞에 떠오른다.

김진진 |『월간문학』수필 등단(2011년). 한국문인협회, 대표에세이문학회 회원. 수상: 동서문학상, 대표에세이문학상. 저서: 장편소설『오래된 기억』, 수필집『어느 하루, 꼭두서니 빛』, 공저:『마흔 다섯 개의 느낌표』『대표에세이 30주년 기념선집』외 다수. 가곡 작시:〈그대와 나〉〈그대의 뒷모습〉. Email: wf0408@hanmail.net

어린 친구

전영구

밝다고 하기보다는 맑다는 표현이 더 어울리는 미소를 지녔다. 어림짐작으로 봐도 초등학교 일학년 정도에 어울리는 몸짓을 하고 있었다. 귀여운 얼굴에 조그만 입술로 뭘 그리 조잘거리는지 주위 사람들을 연신 웃음으로 몰아넣으며 한껏 재롱을 떨고 있었다. 그 모습이 하도 신선해 보여 곁눈질로 보고 있자니 마음까지 맑아지는 느낌이 드는 건 나 혼자만은 아닌 듯했다. 그날은 그랬다. 행운을 동반한 여신? 같은 존재감으로 주위의 부러움을 가득 받고 있던 아이가 있었다. 아마추어 동호인들이 출전하는 배드민턴 대회의 마무리 행사로 경품을 추첨하는데 그 아이가 고급 가방이 당첨되어 마치 그날의 주인공같이 모든 이의 시선을 한 몸에 받고 있었다. 모두들 부러운 눈길을 건네고 있을 때, 일면식도 없는 내가 다가가 오늘만큼은 네가 행운을 지닌 것 같으니 나에게 행운의 기운을 달라며 다짜고짜 악수를 청했다. 덥수룩한 수염에 그다지 정이 가지 않는 얼굴을 지닌지라 미안했지만 의외로 웃음 띤 얼굴로 악수를 받아 주었다. 그런데 잠시 후에 신기하면서도 거짓말 같은 상황이 벌어졌다. 나 또한 경품에 당첨이 된 것이었다. 그러자 주위에 있던 동호인들이 앞다투어 그 아이의 손을 잡았는데 그중에 서너 명이 경품에 당첨이 되어 일약 행운의 여신으로 찬사를 한 몸에 받았다. 행사가 끝나고 난 후, 어설프고 짧은 인연이지만 헤어짐에는 짙은 아쉬움이 있었다.

그 후로 얼마간의 시간이 흘러 다른 대회에 출전을 해서 시합을 하고 휴식을 취하고 있는데 어디서 "시인! 아저씨!" 하며 한 아이가 나를 알아보고 뛰어 오고 있었다. 우연한 인연으로 알게 되었지만 기쁨을 공존한 사이라서 헤어질 때 시집 한 권을 행운을 이어준 고마움의 표시로 건네주었는데 아마도 그 시집을 보고 시인 아저씨로 부르기로 했는지 그 호칭에는 벌써 정감이 흐르고 있었다. 오랜만의 해후에 이런저런 얘기를 나누다 그 대회에 출전 중이던 부모님까지 소개를 받았다. 연배도 다르고, 클럽도 달라서 함께 경기를 하지는 못하지만 같은 스포츠 동호인이라는 공감대와 아이가 이어준 인연인지라 남과 같지 않다는 느낌을 가지게 되었다. 인연이 만들어 준 만남을 축하하기 위해 한두 번은 가족끼리 모여 식사를 하는 기쁨을 누리기도 했다. 그러기를 몇 해, 서로가 바빠서인지 한참을 보지 못한 채 시간이 흘러갔다. 다시 만난 그날도 대회를 치르느라 정신이 없는데 낯익은 목소리가 듀엣으로 들려 왔다. "시인! 아저씨!" "찌인! 아찌!" 하며 그사이 홀쩍 커버린 아이가 곁에 동생이라며 꼬마 아이를 동반하고 나타난 것이다. 알고 보니 그간 동생의 육아로 인해 부모님이 경기 출전을 하지 못해 우리도 이유 모를 생이별을 하고 있었던 것이었다. 오랜만에 만나서 나이를 초월해 서로에게 주제를 맞춰가며 한참을 마주 앉아서 그간 못다 푼 수다를 나누고 있었다. 곁에 있던 아내도 신기한 듯이 밝은 미소로 우리들을 쳐다보며 "행복하시겠어요, 어린 친구가 생겨서…." 라며 웃음을 지어 보였다.

어린 친구? 맞다. 아연이란 이름을 지닌 그 아이는 언제부터인가 나에게 친구처럼 다가와 있었다. 안 보면 궁금하고, 보면 반가운 존재. 함께 즐거움을 공유하는 사이로 자주는 아니더라도 늘 곁에 머무는 느낌으로 존재해 있었다. 해가 지날수록 아연이는 변해가는 모습처럼 늘 새로운 소식을 갖고 나타났다. 학생회 부회장에 당선도 되고, 이젠 중학생이 되었다는 얘기까지…. 점점 야무지고 예쁘게 커가는 어린 친구에게 어느 날은 오래전 찍은 본인 사진 한 장을 카카오톡에 보냈더니 이제는 창피하다며 교체해달라는 애교 섞인 이모티콘과 함께 부쩍 성숙한 모습이 찍힌 사진을 보내 왔다. 지나간 시간만큼이나 변해가는 모습들이 때로는 낯설기도 하지만 이제는 모든 면으로 성숙하고 예민

할 시기가 온 것 같아 만나면 어떻게 대화를 풀어야 할까하는 걱정 아닌 걱정이 늘어가는 것만 같다. 늘 아이만 같던 어린 친구가 언제까지 스스럼없이 손 내밀어 반겨줄지 모르기 때문이다.

인연이라는 것은 무엇과도 비교할 수 없는 가치를 지닌 것 같다. 타인에서 지인이 되는 이음의 시작점이기 때문이다. 나이의 벽이 느껴지지 않는 순수의 힘을 지닌 위대한 인연은 하늘이 점지해준 숙명이라고 믿고 싶다. 언제부터인가 이런 인연이 계속 이어져 끝까지 아름다운 만남을 이어갔으면 하는 바람이 마음 한편에 자리 잡고 있다. 지금의 우리라는 귀함을 지닌 채 맺은 인연은 영원해야 된다는 억지스런 생각도 해 본다. 어린 친구와의 만남을 소중하게 여기면서 누가 먼저 놓지 않으면 풀어지지 않을 튼튼한 인연의 끈으로 묶어 놓을 수만 있으면 좋겠다는 생각이 든다. 우리의 추억을 세상에서 가장 예쁘게 포장하며 만족한 웃음 지어 보는 행복도 어린 친구가 준 그 누구도 느낄 수 없는 아름다운 선물이 아닐까 싶다.

전영구 | 『월간문학』 수필 등단. 『문학시대』 시 등단(2013년). 충남 아산 출생. 사)한국문인협회 감사. 사)한국수필가협회, 가톨릭문인회, 수원문인협회, 대표에세이문학회, 경기수필가협회 회원. 경기시인협회 이사. 수원시인협회 부회장. 저서 : 시집 『뇌요』 외 4권, 수필집 『뒤돌아 보면』. 수상: 제2회 문파문학상(2017), 한국수필 올해의 작가상(2018), 수원문학인상. E-mail: time99223@hanmail.net

어둠이 피워내는 꽃

김기자

     어둠이 빚어내는 창밖의 풍경은 그야말로 장관이다. 하나둘 꽃이 피어나는 모습은 빛의 고리를 만들어가며 춤으로 변신까지 해낸다. 그동안 밝은 세상에서는 볼 수 없었던 또 다른 숭고함이었다. 어두워야만 피어나는 저 불꽃들, 나는 지금 그것을 보며 병실에 누워 있는 남편을 떠올린다. 병원의 가라앉은 정적 속에서 왜 남편의 존재가 점점 선명해지는 걸까.

    누구나 평탄한 길을 걸어갈 수는 없다. 때로 이면에 그려지는 내 삶의 곡선들도 돌아보면 수많은 언어의 줄기들이 피곤한 몸짓으로 고개를 내밀어 보인다는 사실이다. 그러나 이제 지나간 것은 지나간 대로, 다가올 것은 저 어둠 속에서 빚어지는 꽃처럼 남편의 아픈 몸이 어서

완치되길 간절히 바랄 뿐이다.

사람의 터전이 그만큼 중요했다. 어두워야 더 화려하게 피어나는 불꽃의 향연, 나는 그것을 인생의 반전이라 말하고 싶다. 비록 지금 남편의 병실을 지키는 반쪽일지언정 지나온 삶 속에 스며있는 희로애락을 꽃처럼 여기며 가겠노라고 마음먹는다.

애면글면 살아온 세월이었다. 다행스럽게도 더듬고 싶지 않을 만큼 날카로운 감정의 시간이 지금 저 불빛 속으로 흔적을 감추는 중이다. 그 곁에 설익은 내 영혼을 기대어 놓는다. 깊어가는 어둠이 내 몸을 감싸올지라도 환한 아침은 반드시 찾아오리라 믿기에.

나의 모든 간구가 저 불빛 속에서 춤을 춘다. 한 영혼을 위해 헤매던 어둠의 터널이 끝나가는 기분이다. 밝으면 돋보이지 않을 어둠의 꽃, 난 이제 남아 있는 삶의 시계를 환한 곳에만 걸어두지 않으려 한다. 그것은 끝내 끌어안고 가야 할 가족의 인연이었으며 부정할 수 없는 삶에 도화선처럼 뜨거운 길이었다. 자성의 불빛은 그렇게 긴 시간 동안 창가에 머무르도록 했다. 승리의 신이 내려다보고 계신다.

김기자 | 『월간문학』 수필 등단(2013년). 한국문인협회, 충주문인협회, 대표에세이문학회 회원. 저서: 수필집 공저 『골목길의 고백』 『대표에세이 선집 30주년 기념』, 수필집 『초록 껍데기』. E-mail: kkj8856@hanmail.net

틈

김기자

　담장 밑이다. 한 뼘 정도의 땅에서 앉은뱅이꽃이 고개를 들고 있다. 한낮의 태양을 피하지 않는 모습이 의연하다. 꽃을 가꾸는 누군가의 손길이 따뜻하게 다가와서 행복이란 그다지 크지도 멀지도 않다는 것을 알려주고 있다. 그 틈을 비집고 들어가서 나도 함께 삶을 즐긴다. 비좁은 곳이라 해도 피고 있는 꽃의 영광을 보며 평화를 온몸으로 누리기에.

　살면서 내 시간을 만들기란 어려운 일이었다. 더구나 취미를 가꾸고 완성해가는 길은 늘 협소했다. 그래도 틈은 있었다. 바로 그 틈 사이로 꽃이 피어나기 시작했다. 작가가 되리라는 꿈이 현실로 이루어졌던 것이다. 틈새만 한 시간을 금같이 쪼개고 활용했던 지난날들을 돌아보면 정말 스스로도 뿌듯해진다.

지루하지 않았다. 좁은 틈이었다 해도 기쁘고 즐거운 시간들이었다. 내 자신을 온전히 만나는 기회가 되었으며 그로 인해 삶의 흐름은 유순해졌다. 혼자가 아니었다. 글로 인해 만나는 모든 사람들조차 가까운 벗이 되어주었으니 그야말로 세상을 보는 눈이 한층 새로워졌다. 지금 저 좁은 틈 사이에서 피고 있는 꽃이 유난히 넉넉하게 다가오듯이.

삶의 틈새에서 찾은 하나의 열정, 그것이 문학이라면 참 고마운 사건이다. 내 삶의 허허로웠던 곳에 들어와 자리 잡은 문학이라는 영토, 그 인연을 더욱 소중히 여기며 가꾸어가려 한다. 누군가가 알아주길 원하는 것도 아니다. 다만 스스로가 만족하며 지켜가는 일에 바빠지고 싶다. 이런 문학의 키가 자라나도록 틈을 허락해준 많은 사람들에게 진심으로 고마움을 전할 뿐이다.

나아가 선한 마음의 틈이 있기를 바란다. 완벽이 지나쳐 타인에게 여유를 내어주지 못할 만큼 꽉 찬 삶이 아니었으면 좋겠다. 조금은 허술해 보일지라도 그저 그렇게 틈을 허락하며 살아갈 것이다. 바람과 공기의 부유는 그 틈에서도 공평하리라 믿는다. 색다른 행복이며 건조할 수 없는 자화상을 가꾸는 일이리라. 내 작은 삶의 틈 속에서 얻어낸 안식을 따라 청량한 기폭제를 한껏 누린다.

김기자 | 『월간문학』 수필 등단(2013년). 한국문인협회, 충주문인협회, 대표에세이문학회 회원. 저서: 수필집 공저 『골목길의 고백』 『대표에세이 선집 30주년 기념』, 수필집 『초록 껍데기』. E-mail: kkj8856@hanmail.net

라이프 온 B612

김영곤

가끔씩 내게 묻는다, 넌 어디에서 왔는지를.

내 무의식 속 어딘가에는 어린 왕자가 살고 있다. 그의 소행성은 자세히 보지 않으면 찾을 수가 없다. 내가 사막 같은 생으로 불시착할 때마다 그는 내게 나타나서 "양 한 마리만 그려주세요."라고 말을 걸어온다. 나는 이 절망적인 상황을 벗어날 생각만으로도 불안하고 바쁜데, 왜 자꾸만 양을 그려달라고 부탁하는 걸까. 도무지 이해되지 않는 내가 더 이해가 안 되는 몽환적인 장면에서 점점 아득해지다가 문득 깨달음이 오는 순간, 나는 깨어난다.

내 삶의 궤도에서 어린 왕자를 직접 마주친 적은 없다. 그러나 어린 왕자를 닮은 어린이들이 내 마음의 중심에 자리잡기 시작한 것은 중학교 2학년 때부터였다.

김해에 살던 나는 낙동강이 말없이 흐르는 부산시 북구 모라동으로 이사했다. 앞에는 차들이 질주하는 도로, 뒤에는 기찻길, 그 사이에 목재소가 있었다. 그 안에 딸려 있는 작은 집에 거주하게 되었다. 낮에는 나무 깎는 소리가, 밤에는 기차 소리가 끊임없이 귀를 파고 들었다. 중풍으로 꼼짝도 못하시는 할머니도 계셨다. 그런데 희한하게도 나는 이러한 환경에 대하여 한번도 비좁다거나 어둡다고 생각한 적이 없었다. 나는 절망 따위에 찔려 볼 겨를이 없었다. 마치 외딴 소행성에 있는 듯이 나만의 세계에 몰입해 있었던 것이다.

시선 너머로 보이는 아담한 시골 교회를 다니기 시작했다. 어느 날 동기생 금옥이가 내게 와서 어린이 부서에 서기 보조를 맡아달라고 했다. 그냥 쉽고 편한 일이라고 해서 아무렇지도 않게 승낙했다. 그런데 금옥이는 몇 주가 지나자 개인 사정상 그만두고 말았고 내가 서기 업무를 전담하게 되었다.

그 후 금옥이는 자취를 감추어 더 이상 영영 볼 수가 없었다. 너무나 짧은 인연이었지만 지금까지도 그녀의 이름이 생생하다. 그것은 바로 그 소녀가 운명적으로 나를 어린이의 세계로 이끌어 주었기 때문이다.

나는 보았다. 어린이들의 종소리 나는 별빛 웃음을, 아침 이슬에 뺨이 달아오르는 장미꽃을, 무궁무진 솟구치는 뜀박질을. 그들은 모두 내

159
김영곤

게 어린 왕자였다. 그 세계에 몰입해 있는 이상 그 어떠한 암흑도 오히려 더 깊고 진한 빛을 우려내어 주는 존재일 뿐이었다. 그들과 함께하는 시간들이 수북이 쌓일 때마다 나는 어린이들의 감성을 점점 닮아갔다. 중학생 신분이었지만 나는 일찌감치 '어린이'라는 세계에 완전히 푹 빠지게 되었다. 그때부터 내 마음은 이미 확정되었다. 내 평생 사는 동안 어린이와 함께하겠다고.

사회 첫걸음부터 지금에 이르기까지 대부분 어린이와 만나는 지점에, 내가 있었고 지금도 굳건히 있다. 하지만 늘 설레거나 즐겁지만은 않았다. 내 생의 전환점마다 "어른들은 정말이지 너무너무 이상해"라는 어린 왕자의 말을 내뱉으며 사표를 훌훌 던지고 다른 길을 모색했다. 왜 그리 순수하게 근무하도록 내버려두지 않는지, 왜 그리 덫이 많고 태클을 많이 걸어오는지, 왜 그리 서로를 닳아지도록 쓰다가 하찮은 휴지처럼 버리는지, 가끔씩 내겐 어른들의 세계가 정말 이상했다.

돌이켜보면 나 자신이 얼마나 보잘것없는 존재인지를 뼈저리게 느끼던 때가 더러 있었다. 그 중에서 새로운 직장을 구하려고 버둥거리던 3개월은 블랙홀 속에 있는 느낌이었다. 불의에 못 참아서 충동적으로 퇴사했기에 생활이 막막했다. 서울에는 수많은 직업이 있을 텐데 어쩌면 나의 존재감을 알아 줄 회사가 이리도 없는가. 세상에 하나밖에 없는 장미꽃을 가진 부자라고 생각했던 어린 왕자는, 정원에 피어 있는 오천 송이의 장미꽃을 목격하고는 얼마나 허탈했을까. 이 수많은 장미 중에 파묻힌 내가 보이기나 할까. 나는 아무것도 아니구나.

하지만 어린 왕자는 내게 깨우쳐 주었다. '나 자신'이 한없이 보잘것 없는 존재라는 절박한 실존적 문제에 처했을 때에야 비로소 더 숭고하고 더 크고 멀리 꿈꿀 수 있는 근원적인 잠재능력이 폭발한다는 것이다. 나아가서 무한한 가능성이 열린 재탄생의 삶에 이를 수 있다는 사실이다. 어린 왕자가 양을 그려 달라고 했던 것은 어쩌면 우리가 어른이 되어감으로써 잊어버린 근원적인 자아의 꿈과 이상을 먼저 되돌아보는 게 더 중요한 일이란 것이 아닐까. 그 지향점이 결국은 현재의 절망에서 벗어나야 할 강력한 동기 부여가 될 것 아닌가.

'단 한 송이의 장미꽃'을 위해서 내가 보낸 시간, 내가 길들인 시간, 그 시간으로 인하여 장미꽃은 그토록 소중한 '단 하나밖에 없는 존재'가 된다. 그러므로 나는 이 장미꽃에 대해 영원히 책임이 있다. 이를 위해 다시 일어서야 했다. 그래서 나는 공연가로 다시 태어났다. 그리고 나를 기다릴 어린이를 생각할 때마다 여우의 말을 상기했다.

"네가 네 시에 온다면, 나는 세 시부터 행복해지기 시작할 거야. 시간이 지날수록 나는 점점 더 행복을 느끼겠지. 네 시가 되면 아마 나는 안절부절못할 거야. 행복이 얼마나 값진 것인지 알게 되겠지."

그렇다. 나는 누군가에게 기다려지는 소중한 인연으로 머물고 싶다.

161

내 이름만 들어도 반가워지고 내 공연만 보아도 가슴이 훤해지면 좋겠다. 수많은 별무리에서 내가 보이지 않아도, 어린이들이 나를 찾느라고 수많은 별들을 사랑하게 되었으면 좋겠다.

가끔씩 묻는다. 너는, 그리고 나는 어디에 살고 있는지를.

내 무의식 속 어딘가에는 작은별이 떠다닌다. 보이지 않아서 더욱 신비롭고 아름답다.

김영곤 | 『월간문학』 수필, 『포지션』 시 등단(2014년). 한국문인협회, 대표에세이문학회 회원. 문학석사. 수상: 배재문학상, 국제문학상. 저서: 시집 『둥근 바깥』, 수필집 공저 『골목길의 고백』 『짧지만 깊은 이야기』. E-mail: prin789@hanmail.net

준비된 만남

전현주

늦은 저녁. 누군가 현관문을 두드린다. 거듭 물어도 대답이 없다. 놀라 내다보니 이웃집 할머니가 김이 펄펄 나는 옥수수를 들고 서 계신다. 뜨거운 옥수수를 받아들고 어쩔 줄 몰라 하는 나를 향해 할머님은 어서 문을 닫으라고 손짓을 하며 가버리신다.

내가 할머님을 만난 것은 이곳으로 이사를 오면서부터다. 같은 성당을 다니다 보니 한 달에 한 번쯤은 반모임에서 만나기도 했다. 뵐 때마다 조용한 미소로 반겨주시는 그분을 몇 년 동안이나 눈인사만 하고 지냈다. 그때는 새로 시작한 사업과 연년생 세 아이를 건사하느라 늘 동동거렸다.

어느 날 당신이 쓰신 『천년 숲』이라는 책을 주셨을 때도 별다른 느낌이 없었다. 너도 나도 쉽게 찍어내는 자서전 같은 것이겠거니 생각했다. 그러나 한 편 두 편 읽어보다가 밤새워 두툼한 책 한 권을 다 읽어

버렸다. 할머님의 글은 절대 쉽게 쓴 글이 아니었다. 가슴 깊은 곳을 어루만지는 감동이 있었다. 이웃에 이런 분이 계시다는 사실이 믿어지지 않았다.

그즈음 나는 그 무엇으로도 채워지지 않는 헛헛함에 늘 두리번거렸다. 누군가 내 이름을 부르고 있는데 끝내 대답하지 못하고 꿈에서 깨었을 때처럼 망연하게 앉아 있기도 했다. 아무것도 아닌 것으로 사는 것은 괜찮은데 꿈이 없다는 공허함은 메울 수 없었다. 건널목에 서 있을 때나 장을 볼 때, 모임에서 돌아와 손을 씻을 때, 빨래를 널 때, 심지어 노래방의 엄청난 소음 속에서도 내 안에서 들려오는 작은 속삭임들이 있었지만 나는 그 소리를 알아듣지 못했다. 마음 한구석에서 모래 섞인 바람이 불었다. 그럴 때마다 나도 모르게 서툰 솜씨로 동화를 썼다. 현실의 상황이 벅찰 때마다 동화 속 주인공들과 함께 다른 세상을 쏘다녔다.

우연히 그분이 수필 수업을 하고 계신 것을 알게 되었다. 여름방학 기간에 수강 신청을 해놓고 보름 남짓 지나 개강하는 날. 여느 날처럼 아침을 준비하고 있었는데 느닷없이 가슴이 두근거렸다. 무슨 영문인지를 몰라 방망이질하는 가슴에 손을 얹고 잠시 어리둥절했다. 그러고 보니 마지막 설렘이 언제였는지 까마득했다. 그제야 나는 오늘을 얼마나 손꼽아 기다렸는지 알아차릴 수 있었다.

수업시간 내내 두 귀를 곤두세웠다. 수업이 진행될수록 조금 전 덩치 큰 남자가 선생님 앞에서 아이처럼 울먹인 이유를 알 것 같았다. 반숙자 선생님. 나는 이제 이웃집 할머님을 선생님이라고 부른다. 선생님께 수업을 받은 날부터 감히 글을 쓰며 살기로 마음먹었다. 이렇게 부족한 사람도 글을 쓸 수 있다고 하시니 그렇게 살기로 했다.

첫 수업을 마치고 집에 돌아오자마자 멀리 떠날 사람처럼 집안을 정리하기 시작했다. 흐트러진 집이 마치 내 모습처럼 느껴져 이대로 선생님의 수업을 들으면 왠지 부끄러울 것 같았다. 다행히도 집은 손길이 닿는 곳마다 주름이 펴지듯 넓어졌다. 하지만 그리 만만히 끝날 일이 아니었다. 이사한 지 6년이 다 되도록 이것저것 쌓아두기만 했던 베란다가 문제였다. 갑자기 손님이 오거나 거치적거리는 물건이 있으면 무조건 뒤로 숨겼었다. 치워야지, 치워야지 하면서도 엄두가 나지 않았다. 그리곤 못 본 체했다. 늘 보니 보이지 않았다.

전리품의 양은 어마어마했다. 그중에서도 뒤 베란다의 바닥을 반이나 차지하고 있는 까만 효소 병들은 나를 혼란에 빠뜨려버렸다. 붉거나 푸르거나 희었을 열매와 뿌리들은 무엇이 그리도 절절하여 일제히 검어졌을까. 분명 내 손으로 담가놓은 것들인데도 낯설기만 했다. 내 안의 모든 생각과 추억을 우려내면 어떤 빛깔이 될까. 훗날 나는 어떤 향기로 세상 사람들에게 기억될까. 급기야 모두 잠든 깊은 밤에 아예 자리를 잡고 앉아 시커먼 액체들에게 일일이 물어보기 시작했다. 검은 병들은 쉽게 입을 열지 않았다.

집안 정리를 마치고 주방에 작은 책상을 놓았다. 국을 끓이고 반찬을 만들면서도 내 눈은 컴퓨터를 향해 있었다. 이제 내가 나에게 무슨 말을 걸어오고 있었는지 귀를 기울여 볼 작정이다. 아울러 세상의 볼륨도 좀 더 키워 보려고 한다. 밭치지 않은 소음에 마음을 부대끼며 살게 되더라도 먼 훗날 그윽해진 자신과 기쁘게 마주하고 싶다는 올찬 꿈을 품어 본다.

남편과 아이들에게도 선생님께 받은 수업의 감동을 전해 주었다. 막내는 작가할머니의 사진을 인터넷에서 찾아보고는 성당에서 뵌 적이 있다며 아는 체를 한다. 「외롭게 한 죄」라는 수필도 한 편 읽어 보는 눈치다. 늦은 밤까지 책 읽고 메모하는 엄마의 모습이 좋은지 아이들도 책상 옆 식탁에 하나둘 모여 앉는다. 노트북을 먼저 차지하기 위해 달려오는 엄마가 우습지도 않은 모양이다.

선생님은 수필을 통해 진정한 삶의 의미와 온기를 가르쳐 주셨다. 어쩌다 이 세상에 던져져 살고 있는 것이 아니라 스스로의 힘으로 다시 태어나 뜨겁게 살아낼 수 있다는 용기를 주셨다. 그리고 자신에게 멈출 수 없는 이유를 물어보게 하신다. 굳이 말씀하지 않으셔도 삶으로, 글로, 미소로 보여 주신다. 이렇게 아름다운 분이 이웃에 계셔서 참 행복하다. 선생님과의 인연은 어쩌면 아주 오래전부터 준비되어 있었던 것은 아니었을까.

전현주 |『월간문학』수필 등단(2015년). 한국문인협회, 음성문인협회, 음성수필가협회, 대표에세이문학회 회원. 저서: 수필집 공저『짧지만 긴 이야기』『골목길의 고백』. E-mail: ambuin99@naver.com

애벌레의 꿈

김정순

스물네 살, 봄이었다. 찻집에서 동갑내기 청년을 만났다. 그가 책 한 권을 선물이라며 건넸다. 앞으로 자신이 가는 길은 이 책 속의 애벌레들이 가는 길과 비슷하단다. 하지만 애벌레들처럼 다른 애벌레를 밀쳐내면서까지는 살고 싶지 않다며 해맑게 웃었다. 그제야 그가 입고 있는 푸른 제복이 보이면서 막연히 군인의 길이 그려졌다.

좋아하는 책을 보면 그 사람을 알 수 있다고, 그에게 마음의 물꼬를 터준 것은 이 책이었다. 그와 나를 부부의 연으로 묶어 준 책이자 그가 준 첫 선물이라 잦은 이사에도 보물처럼 모시고 다녔다. 세월 앞엔 소중한 것도 잊히는 걸까. 며칠 전 교회 도서실에서 이 책을 만나고서야 까마득히 잊고 있었다는 걸 알았으니 말이다. 트리나 폴러스의 『꽃들

167

에게 희망을』이란 책은 서른일곱 해 만에 이렇게 다시 내게로 왔다.

호랑 애벌레와 노랑 애벌레는 파릇한 풀을 먹으며 신나게 놀았다. 둘은 서로 사랑했고 부족한 것이 없었다. 시간이 흐르자 호랑 애벌레는 그날이 그날인 일상이 지겨워지기 시작했다. '이게 삶의 전부는 아닐 거야.'라는 생각이 들면서 전에 오르려다 내려왔던 벌레 기둥이 그리워졌다. 노랑 애벌레와 같이 가고 싶었지만 원치 않아 혼자서 기둥을 향해 떠났다. 그동안 쉬었던 것을 만회라도 하듯 앞서가던 애벌레들을 제치며 올라갔다. 기둥 위에 뭐가 있는지는 몰랐다. 알려고도 하지 않았다. 틀림없이 멋진 곳일 거라 생각하며 발걸음을 재촉했다.

호랑 애벌레처럼 그이와 나도 함께 길을 떠났다. 사람들이 무리 지어서 갔고, 우린 그들과 앞서거니 뒤서거니 걸었다. 부지런히 가다 보면 어느결에 하나의 고개에 다다랐다. 그때마다 그이는 꽃다발을 받았다. 갈수록 길이 좁아졌다. 그인 대나무처럼 곧은 성격 탓에 어려움을 자주 겪었다. 더 가야 하나 그만둬야 하나 흔들리다가도 그인 한소끔 지나고 나면 불끈 일어났다. 우린 온 힘을 다해 갔다. 마라톤에서 상을 받는 사람은 소수이듯 꽃다발을 받는 사람은 수가 적었다. 그이는 때가 되면 승진을 하였다.

어느 해 가을이었다. 동생처럼 아끼던 지인의 남편이 진급을 못 해 그 길을 떠나야 했다. 처음으로 눈물보다 슬픈 미소를 보았다. 우리가 고개에 올라 축배를 들 때 한쪽 그늘에서 눈물짓는 사람이 있었다는 것을 그때야 깨달았다. 부끄러움이 없이 살았다 해도 마음이 편치 않았다.

혼자 남은 노랑 애벌레는 무척 쓸쓸했다. 외로워서 집을 나와 헤매고 다니다가 나뭇가지에 매달려 있는 늙은 애벌레를 만났다. 나비가 되면 '진정한 사랑'을 할 수 있다는 말을 듣고 늙은 애벌레 곁에서 고치를 짓고 노랑나비가 되었다.

호랑 애벌레는 남에게 눈길 한번 주지 않고 기어올라 꼭대기에 이르렀다.

"이곳에는 아무것도 없잖아." 속삭이는 소리가 들렸다.

"저기 좀 봐. 기둥이 또 있어. 그리고 저기도…. 사방이 온통 기둥이야."

다른 애벌레들의 수런대는 소리에 호랑 애벌레는 몸이 오싹해졌다.

'그토록 고생해서 올라온 기둥이 수천 개의 기둥 가운데 하나일 뿐이라니!'

호랑 애벌레는 노랑 애벌레가 했던 말이 떠올랐다.

'그래, 노랑 애벌레야! 네가 옳았어. 꼭대기에 가려면 기어오르는 게 아니라 날아가야 하는 거였어.'

그때 어디선지 노랑나비가 날아와 그윽한 눈으로 호랑 애벌레를 바라보며 날개를 팔랑거렸다. 따라오라는 몸짓 같았다.

호랑 애벌레는 기둥에서 내려왔다. 숨을 헐떡이며 올라오는 애벌레들에게 정상에 가봐야 아무것도 없다고 말했지만 별난 놈 다 본다는 듯 힐끗 지나쳤다. 호랑 애벌레는 노랑나비의 도움으로 나비가 되었다. 두 마리 나비가 꽃밭으로 날아갔다.

스물넷 젊음은 가고 쉰을 앞에 두고 있을 때였다. 정상이 손에 잡힐 듯 위용을 드러냈다. 고개 하나만 넘으면 되었다. 그곳에서 가던 길을 멈추고 지나왔던 길을 되돌아봤다. 여기까지 온 게 감사했다. 이것만도 과분했고 더는 바랄 게 없었다.

이제 가야 할 길은 더 비좁고 가팔랐다. 숨이 턱에 닿았다. 그이는 언제나처럼 묵묵히 걸었고 마침내 원하던 목적지에 다다랐다. 축하 박수가 쏟아졌다. 하나님의 도움이 있어서 가능한 일이었다. 그곳은 바람이 더 드세게 불었다. 숲과 나무의 차이라고나 할까. 가까이서 본 그림은 멀리서 바라봤을 때처럼 멋진 풍경은 아니었다. 흘러가는 구름과 주변의 나무와 바위를 둘러보며 한숨 돌릴 때 사람들이 올라왔다. 우린 그들에게 자리를 내주고 정상에서 내려왔다.

이 책을 내게 선물로 주었던 청년일 때 그이는 이미 나비가 되기를 꿈꾸었던 게 아닐까. 우리가 오른 산은 수천 개의 산 가운데 하나일 뿐이었다. 다른 애벌레를 밀쳐내면서까지는 살고 싶지 않다던 약속을 지켜준 남편이 고맙다. 우리가 휩쓸리지 않고 이 길을 올 수 있었던 것은 이 책이 등불처럼 길을 밝혀주어서이지 싶다.

호랑 애벌레와 노랑 애벌레가 나비가 되어 꽃밭으로 날아갔던 것처럼 그이와 나도 고치를 짓기 위해 실을 뽑고 있다. 뒤엉킨 실타래처럼 뒤섞인 이야기들의 가닥을 찾아 하나둘 풀어내다 보면 이전에 느끼지 못하던 희열을 맛볼 수 있으리라.

김정순 | 『월간문학』 수필 등단(2015년). 한국문인협회, 대표에세이문학회, 광진문화예술회관 회원.
저서: 수필집 공저『골목길의 고백』『양평 이야기』. E-mail: soon550928@hanmail.net

다이아 반지

신순희

올여름 뒤뜰에서 잡초를 뽑다가 나는 다이아 반지를 뽑아 버렸다. 처음으로 시애틀 우리 집을 방문하러 오빠가 한국에서 오기 바로 전날, 정원 손질을 한다고 부산을 떨었는데 그때 사건이 발생했다. 실장갑을 낀 채 작은 꽃삽으로 뒤뜰 화단을 휘저으며 손을 놀렸는데 어디서 잃어버렸을까. 질긴 민들레 말고도 웬 잡초가 그리 많은지 각종 풀을 뽑았다. 그래 맞아. 유난히 말라빠진 물망초꽃 줄기에 가시가 있어 장갑에 엉겨 붙었었지. 그래서 내가 장갑을 벗어 털어내고 장갑의 손가락 끝이 웬지 무겁다고 느꼈지만 무심했는데 반지가 그 장갑 안에 빠졌었나. 아니면 장갑을 털었으니 뽑아버린 잡초더미에 떨어졌나. 아무튼 정원을 손질한 후 남편이 잔디를 깎았다.

문제는 그땐 모르고 있다가 다음 날 갑자기 손가락이 허전해서 알아차렸다는 거다. 혹시 반지를 다른 데 두고 찾는 거 아니냐. 이러다 다른 데서 반지가 나올 거다 라고 다른 사람들이 말했지만, 난 틀림없이 그날 다이아 반지를 꼈었다. 왜냐하면 나 역시 일하려고 장갑을 끼면서 반지를 빼야 하지 않을까 신경 쓰였으니까. 하지만 내 반지는 가락지에 다이아가 콕 박혀 있어 밋밋하니 장갑에 걸리진 않아 귀찮아서 그냥 장갑을 꼈던 것이다.

오빠가 우리 집에 이틀 있는 동안 오빠까지 동원해 반지를 찾기 시작했다. 아무래도 반지가 뽑아 버린 잡초더미와 함께 초록색 야드통에 들어간 것 같다. 남편과 나까지 셋이서 마당에 커다란 비닐보자기를 펼쳐 놓고 초록색 야드통을 엎었다. 잡초와 깎은 잔디로 범벅이 된 야드 쓰레기는 여름이라 그새 썩어 뭉그러지는 중이었다. 그 냄새 속에서 우리 세 사람은 다이아 반지를 찾기 시작했다. 남편과 내가 손바닥으로 일일이 문질러가며 한 번 뒤진 쓰레기를 오빠가 또 뒤졌다. 꼭 나올 줄 알았다. 없었다. 아니야 꼭 있을 거야. 다시 한번 찾아보자. 세 사람이 허리를 펴고 난 뒤 다시 작업을 시작했지만 다이아 반지는 없었다.

"어떡해, 허무하다. 오빠 미안해. 모처럼 우리 집을 방문해 주었는데 이런 궂은일을 시켜서. 그래도 친정 식구니까 맘 놓고 시키는 거야."

오빠가 떠난 뒤 며칠 동안 나 혼자서 틈나는 대로 차근차근 반지를 찾았다. 여러 번 뒤진 야드 쓰레기통을 다시 뒤지고 처음 잡초를 제거했던 자리의 흙을 이리저리 뒤적거리고 혹시 잔디밭에 떨어졌나, 뒤뜰 잔디밭에 반짝이는 게 있을까, 눈을 크게 뜨고…. 못 찾았다.

내 다이아 반지는 결혼 후 다시 세팅했다. 처음 백금에 물려 높이 솟아있던 삼부 다이아를 그 당시 유행 따라 십사 금 두 돈에 먼저 반지에서 빼낸 다이아몬드를 콕 박아넣고, 다이아를 중심으로 양옆으로 각각 세 개씩 깨알만 한 서브다이아를 또 박아 민자 가락지로 바꿨다. 반지가 꽤 굵었는데, 요즘 금값도 비싼데, 깜빡 끼고 있는 줄 알고 착각하다 느닷없이 가슴이 서늘해진다. 내 다이아 반지. 이다음에 아들 결혼시키면 며느리에게 물려주려 마음먹었었다. 미국에 와보니 웬만한 여자들은 다이아 반지 일 캐럿은 보통 갖고 있어서 '삼부쯤이야 뭘'이라고 말할 수도 있겠다. 아무리 그래도 지금 일 캐럿짜리 다이아 반지를 다시 끼워준다 해도 난 싫다. 내 반지는 30년 역사가 있는 거니까. 처음엔 무척 생각났다. 메이시 백화점 카탈로그에 내 반지와 비슷한 반지를 보는 순간 가슴이 철렁하기도 했고 꿈속에서는 반지를 되찾기도 했다.

내가 다이아 반지 찾는 일을 포기하자 남편이 금속탐지기를 빌려왔다. 나중에 후회라도 없게 하자고. 그걸 가지고 뒤뜰 화단을 뒤지니 툭하면 '삐비빅' 소리를 냈다. 소리 나는 곳을 파보았지만 아무것도 안 나왔다. 여기 가도 '삐비빅' 저기 가도 '삐비빅'. 어쩌란 말이냐. 화단 전체에 금속이 있을 리 없건만 왜 자꾸 신호를 보내는지. 식구가 번갈아 금속탐지기로 뒤뜰을 헤맸지만 반지를 찾지 못했다. 어차피 잃어버린 것 잊어버리자. 팔 생각은 없었으니 돈으로 환산할 것도 아니고 그냥 추억 하나 사라진 셈 치자. 위로가 될 듯 말 듯했다.

보석에 의미를 부여하지 말면 될 것을. 물질에 의미를 두지 말고 마음에 의미를 두면 될 것을. 그것이 왜 안 되는지. 모든 것이 사라지는데 보석이라고 안 사라질까. 내 다이아 반지는 겨우 삼 부짜리인데, 그 조그맣고 유리 같은 돌조각에 마음을 이다지도 졸이다니. 그거 나와는 인연이 없나 보다. 잃어버린 그 반지가 그냥 쓰레기더미 속에 파묻히지 않고 누군가 발견해서 가졌으면 좋겠다. 이젠 정말 미련을 버리겠다.

지금 내게 남은 건 지난 결혼 이십 주년에 남편이 사준 99불짜리 눈곱만 한 다이아가 세 개 박힌 아주 가는 십사 금 실반지뿐이다. 이 반지는 결혼기념일을 그냥 지나치는 남편에게 한마디 했더니 그길로 나가 유명한 보석상 '케이'에 가서 비싼 건 못 보고 가장 싼 반지 하나 사 온 것이다. 거기서 이런 것을 파는지도 몰랐다. 보석상 주인은 결혼 이십 주년이면 이 정도는 되어야 한다고 커다란 다이아 반지를 내보였지만, 남편은 이 실반지를 사 갖고 의기양양해서 돌아왔다. 지금 내 약지에는 그 다이아 실반지와 14K 실반지가 한데 끼어있다. 그런데… 그 잃어버린 다이아 반지, 초록색 야드통이 아니라 그때 내가 회색 쓰레기통 속에 던져버린 실장갑 속에 있었을까?

그로부터 여섯 해가 지난 2016년 2월 어느 날 우연히, 앞마당에서 나는 잃어버린 그 다이아 반지를 다시 찾았다.

신순희 | 『월간문학』 수필 등단(2015년). 재미수필문학가협회, 서북미문인협회 회원. 미국 워싱턴주 시애틀 거주. 수상: 월드코리안신문 이민문학상, 서북미문인협회 뿌리문학상. 저서: 수필집 공저 『골목길의 고백』『쉼』. E-mail: shsh644@hotmail.com

끈

박정숙

산들바람이 분다. 살랑살랑 부는 바람에 나뭇잎과 꽃잎들이 움직인다. 상쾌한 초록색으로 물든 공원, 어디선가 노랫소리가 들린다. 오르락내리락하는 가늘고 맑은 목소리는, 푸른 소나무처럼 시원하고 나비가 사뿐히 꽃에 내려앉는 듯 우아하다. 끊길 듯 말 듯하던 소리는 긴 여운을 남기며 공원을 가득 채운다.

가수 '이선희'가 부르는 〈J에게〉를 듣는다. 그녀는 SBS TV에서 방송되는 〈집사부일체〉 4인방의 일일 사부가 되어 있다. 세월이 비껴간 듯한 모습이다. 특유의 단발머리, 부드럽지만 당찬 말투, 자그마한 체구에서 뿜어져 나오는 카리스마는 예나 지금이나 한결같다. 공원에서 산책하던 사람들도 그녀의 목소리를 듣고 발걸음을 멈춘다. 순식간에 중년의 관객들이 모여든다. 흰머리가 절반이나 섞인 관객들이지만 빨그스름한 소녀의 얼굴이다. 그녀는 목소리만으로도 공원을 미니콘서트장으로 만든다. 시간이 얼마나 흘렀을까. 그녀의 노래를 들으니 지난날의 추억이 되살아난다.

신선한 충격이었다. 그녀는 MBC 강변가요제 대상을 차지하며 데뷔했다. 폭발적인 가창력과 바지만 고수하는 옷차림의 보이시한 매력으로 '언니부대'가 만들어졌으며, 동그란 안경과 커트 머리가 여학생들 사이에서 크게 유행했다. 그때 나는 중학생이었다. 학교가 끝나면 집으로 돌아와 밭일을 도왔다. 그때는 공부에 흥미가 없었고 장밋빛 미래도 꿈꿀 수 없었다. 저녁이면 혼자 라디오를 들으며 상상의 날개를 폈다. 그녀가 하는 이야기는 나만을 위한 것이었고, 그녀의 노래는 폐부 깊이 들어와 박혔다. 그녀의 노래를 들으며 나는 오래 사귄 벗처럼 자주 밤을 새웠다. 아픈 밤이 지나고 나면 자잘한 상처들은 치유가 되는 것을 느꼈다. 한동안 그녀를 잊고 살았다. 고등학교를 졸업하면서 자연스럽게 멀어진 것 같다.

몇 년이 지난 뒤, 대구에 있는 세무서에서 일할 때였다. 회사 야유회 때 노래를 부르게 되었다. 그때 그녀의 노래 〈가난한 연인을 위하여〉를 불렀다. 평소에도 조금 친분이 있던 ㅈ이 자기도 그녀의 팬이라며 다가왔다. 그녀로 인해 우리는 급격히 가까워졌다. 어느 해는 그녀의 콘서트를 보러 대구실내체육관으로 갔다. 아끼던 티셔츠를 꺼내 입고 청

바지를 다려 줄을 세웠다. 우리는 2층 뒤쪽에 있었는데 그녀가 멀리 있어 마침표처럼 보였다. 그래도 온통 흥분의 도가니였다.

딸은 신세대다. '방탄소년단'을 좋아하고 '고등래퍼'의 음악을 자주 듣는다. 그런데 딸은 〈J에게〉를 알고 있다. 어디에서 들었는지 알 수는 없지만. 그 이후 우연하게 텔레비전에서 그녀의 노래를 듣고 매력을 느낀 것 같았다. 그리고 차만 타면 나의 선곡 리스트에 있는 그녀의 노래를 자주 듣고 따라 부른다. 딸은 그 노래가 처음에는 좋은지 몰랐는데 자꾸 듣다 보니 기분이 좋아지고 힐링되는 기분이 든다고 한다. 내가 그때 그랬던 것처럼 말이다.

간간이 그녀의 소식을 들었다. 기획사 대표와 결혼을 하고, 얼마 뒤 이혼을 했다고 했다. 좋은 인연을 만났으면 좋았을 텐데, 아쉬운 마음이 들었다. 그런 힘든 시간을 보내고 그녀는 더욱 성숙해진 모습으로 새로운 노래를 발표하곤 했다. 그중 그녀가 직접 작사, 작곡한 〈인연〉이라는 곡이다.

"인연이라고 하죠 거부할 수가 없죠 내 생애 이처럼 아름다운 날 또다시 올 수 있을까요"

"고달픈 삶의 길에 당신은 선물인 걸 이 사랑이 녹슬지 않도록 늘 닦아 비출게요"

그녀의 목소리에는 어딘가 여운이 서려 있었다. 그녀를 만나고 싶다는 생각이 든 것은 처음이었다. 그녀를 만나서 시시콜콜 수다를 떨고

179
박정숙

싶은 것이 아니라, 한 스푼의 그리움과 한 스푼의 세월을 잔에 넣어 천천히 음미하고 싶었다.

처음 그녀를 만난 지 삼십 년이 지났다. 이제는 나도 어지간히 나이가 들었다. 우리는 어떤 끈으로 맺어진 것일까. 불가에서는 옷깃만 스쳐도 인연이라고 말한다. 생각해보면 그녀와 나는 정말 오랜 인연을 가지고 있다. 오늘도 TV를 바라보며 수많은 사람들과 흐릿한 추억 한 가닥 인연의 끈을 늘여나간다. 비록 나 혼자만의 외사랑일지라도 말이다.

박정숙 | 『월간문학』 수필 등단(2016년). 한국문인협회, 대표에세이문학회, 에세이울산 회원. 수상: 울산 산업문화축제 문학상. 저서 : 수필집 『똠』. E-mail: mesuk66@hanmail.net

하얀 도라지꽃

최종

그려준 약도대로 집은 쉽게 찾을 수 있었다.

"길아! 길아."

대문 밖에서 한참 동안 큰 소리로 불러도 아무런 대답이 없었다. 막 돌아설까 하는데, 금방 세수를 한 듯 목에 수건을 두른 아가씨가 대문을 열었다. 길의 누나였다. 솔직히 말하면, 나는 만 16년간 살아오면서 이렇게 아름다운 여인을 본 적 없다. 갸름한 얼굴이 더없이 산뜻하고 곱게 보였다.

"누굴 찾을까?"

"길 없어요?"

"길? 우리 박길이 지금 낮잠 자나 보네."

누나는 웃고 있었다. 하얀 이를 살짝 드러내고 웃는 모습이 너무 고와서 나는 잠시 멍하니 서 있을 뿐이었다.

　박길이 박길이 하길래 처음에는, 성이 박씨고 이름이 길인 줄 알았다. 같은 반 오태균이도 가끔 박길이를 말하면서 "길이 그러던데…"라고 했다. 우리 사이에서는 박길이를 길이라고 부를 때가 적지 않았다. 길이라고 부르면서, 아름다운 누나의 미소를 순간순간 기억해왔다. 고등학교 입학으로 처음 광주에 온 나는 도회생활을 길과 시작했다. 자장면을 처음 먹어본 것도 길과 함께였고, 천일극장 가는 길도 그가 가르쳐주었다. 길 집에는 세상에서 제일 예쁜 누나가 있었다. 나를 바라보는 누나의 크고 맑은 눈은 언제나 깊고 그윽했다. 잘 웃지 않았지만 가끔 웃는 모습을 보면 한없이 내 마음이 흔들리는 것 같았다. 누나의 웃는 모습을 보기 위해 길 집을 찾을 때가 많았다고 해도 틀린 말이 아닐 것이다.
　길 집에 갔을 때 누나가 대문을 열면서 나를 보고 말을 걸어오면, 무슨 이유를 대서라도 말을 더 하고 싶었다. 이상하게도 누나 앞에서는 어떤 말도 잘 생각나지 않았다. '박길이 없다'는 말에는 그냥 '안녕히 계세요.' 아쉬운 인사만 하고 돌아서는 수밖에 없었다. 형용할 수 없이 사근사근한 목소리가 내 귓가에 울리는 것 같았다. 무슨 말이든 다 들어줄 것 같은 누나의 착하디착한 얼굴이 환영처럼 머릿속에 오랫동안 남아있었다. 누나를 생각하는 것만으로도 행복한 시절이었다. 그렇게 3년 반이 지났다.

그날 밤에도 누나가 대문을 열어줬다. "박길이 목욕 갔는데 곧 올 거야. 들어와서 기다릴래?" 처음 있는 일이었다. 집안은 산사처럼 조용했다. 긴 마루 중앙에 있는 기둥 옆에 걸터앉았다. 누나는 내 옆 2m 정도의 거리에 앉았다. 누나도 달을 쳐다보고 있었다. 추석이 지나고 다시 뜬 보름달은 그날따라 유난히 컸다. 달빛은 앞집 감나무 너머로 교교히 비추고 있었다. 가끔 서늘한 바람이 정원을 돌아 우리 사이로 불어왔다. "법대생이라고 했지? 이제 열심해야겠네." 누나가 먼저 말을 걸었다. "아, 예, 그래야죠." 짧게 대답하자 누나는 계속 말을 이어가줬다. 요즈음 무슨 영화를 봤냐고 물었다. 〈오케스트라 소녀〉라고 비로소 신나게 말했다.

그때 누나에게 영화 한 편 함께 보자고 말하지 못한 것을 얼마나 후회했는지 모른다. 이후 내 소원은 길과 누나와 셋이 영화를 한 편 봤으면 하는 것이었다. 영화는 〈오케스트라 소녀〉로 정했다. 이미 천일극장에서 한 번 봤지만 그 감동을 잊을 수 없었다. 음악영화인데, 마지막 장면에서는 눈물과 환호가 뒤범벅이 된 채 열광했었다. 누나에게 꼭 이 영화를 보여주고 싶었다. '네 누나는 매일 집만 보고 있지 않냐? 우리 함께 영화나 한 편 보러 가자.' 길에게 단숨에 말하려고 마음먹고 있었다.

183

최종

찬바람이 불더니 어느덧 눈이 내리기 시작했다. 꽁꽁 얼기 시작한 산수동 '꼬두메' 고갯길은 얼음판이 되었다. 습관처럼 느슨했던 일상에서 무엇인가 조금씩 죄어 오는 느낌을 받았을 때, 속절없이 영화는 끝나고 말았다. 공대생인 길은 고전음악에 심취되어 있었다. 목요 음악감상회 간사를 맡았다고, 어떤 말도 붙일 수 없을 만큼 바쁜 것 같았다. 나는 공부할 기본서를 서둘러 준비했고, 본격적으로 도서관에 다녀야 했다. '열심해야겠네.' 누나의 목소리를 기억하면서, 충장로에 놀러가는 것도 주저되었다. 머릿속에는 누나의 맑은 웃음이 계속 맴돌고 있었다.

누나가 큰 사업가와 정혼했다는 말이 들렸다. 크게 축하해줄 일이었다. 한데, 조금 쓸쓸했다. 가슴이 텅 비어가는 느낌이 들었다. 그 후 누나를 본 기억이 없다. 결혼해서 멋지게 잘 살고 있을 것이라는 생각만 문득문득 들 때가 있었다. 길과 자주 만나면서도 왠지 누나에 관한 이야기는 하지 않았다.

엊그제 친한 고교 친구 5명이 모였다. 소주 한 병을 나눠 마신 친구들은 전혀 취하지 않으면서도 거나한 목소리로, 옛날 충장로 길 집에서 놀았던 일들을 경쟁이나 하듯 큰 소리로 이야기했다.

미묘하고 야릇한 기분에 내 말수는 확 줄어들었다. 옆에 앉은 길에게 가만히 물었다. "누나는 잘 살지?" 갑자기 묻는 말에 그는 "응, 잘 살지 뭐." 아주 간단하게 대답을 준 후 말이 끊겼다. 점심 한번 살 테니 누나

모시고 나오라고 말했지만, 그는 누나가 노환으로 거동이 힘들다고 했다. 누나 나이 이제 여든은 넘었으리라. 나는 입을 다물었다. 뭔가 매양 미루다가 깜박 잊은 일들이 그만 세월에 묻혀 낭패를 당하고 말았다는 생각에서였을까. 집으로 돌아오는 길, 몇 정거장이고 걷고 싶었다. 네거리에서 차들이 엉켜 빵빵거렸다. 차량의 경적 소리마저 절절하게 들렸다.

세상에는 길고 진한 인연도 있고, 희미해서 전혀 알아보지 못하는 짧은 인연도 있다. 아무리 닿으려 해도 닿을 수 없는 끈을 두고 홀로 마음만 졸이는 인연도 있는 것 같다. 누나는 내 학창 시절 마음속에서 하얀 도라지꽃처럼 피어나 오랫동안 하늘거리다가 사그라졌는데, 오늘 다시 물밀듯 그리움을 안고 다가왔다. 갑자기 누나에게 전화를 하고 싶었다. '누나. 우리 길이랑 함께 영화나 한편 봅시다.' 전화번호도 모르는 누나의 하얀 얼굴, 보기만 해도 숨 막혔던 아름다운 모습이 눈앞에 생생하게 떠올랐다.

최종 | 『월간문학』 등단(2016년). 한국문인협회, 대표에세이문학회 회원. 저서: 수필집 『깨갱』.
E-mail: cteng31@hanmail.net

실타래

김순남

    단추를 달기 위해 실과 바늘을 찾았다. 반짇고리 안에 오래 전부터 있던 무명실이 눈에 들어온다. 그 실은 큰아들과 작은아들이 첫 돌을 맞이했을 때 친정어머니께서 손자의 무병장수를 기원하며 목에 걸어 주셨던 실이다. 실패에 감겨 있는 실과 아직 남아있는 실 한 타래가 할머니, 어머니를 그리게 한다.

    무명실타래는 반짇고리 안에서 긴 세월을 보냈다. 아이들 돌날 목에 걸었던 실타래를 어쩌지 못해 그냥 넣어 두고 있었는데 어느 날 어머니께서 오셨다가 반짇고리를 보시고는 혀를 '끌끌' 차시며 엉킨 실타래를 쓰기 좋게 실패에 감아 주셨다. 나머지 한 타래도 엉키지 말라고 가지런히 정리해 넣어 주셨건만, 오랜 시간이 흐르다 보니 실타래는 다시 엉켜서 반짇고리를 열 때마다 성가시게 했다.

어릴 때 할머니는 자주 실을 감으셨다. 그때마다 고사리 같은 손녀딸 손에 실을 걸어 놓으시고 실패에 실을 감으셨는데, 친구들과 놀고 싶은 마음에 앉아 있는 시간이 지루하게 느껴졌었다. 처음에는 실타래에 묻혀 손이 잘 보이지 않다가 한 올 한 올 손에서 실이 풀려가 할머니 손을 거쳐 실패에 옮겨지는 과정이 신기하고 재미있었다. 마지막 실 끝이 손에서 풀려나갈 때는 억지로 붙들려 앉아 있다 해방되는 기쁨인지, 아니면 두둑하던 실타래가 없어져 허전함인지 알 수 없는 기분이 들었다. 실패에 감아둔 실은 우리 집에서는 쓰임새가 많았다.

할머니와 어머니는 저녁이면 바느질을 하시곤 했다. 아버지의 해어진 작업복, 삼촌들과 우리 자매들의 구멍 난 양말도 할머니와 어머니의 손끝에서 기워지고 헤진 구멍이 꿰매졌다. 베갯잇이나 이불 호청을 빨아 꿰매시는 날도 두 분은 마주 앉아 손발을 맞춰 풀을 메기고, 다듬이질하셔서 빳빳한 호청을 바느질하셨다. 늘 한복을 입으시는 할아버지의 옷차림에 마을 어른들의 칭송이 자자했지 싶다. 여름이면 어머니께서 손수 길쌈하신 삼베로 지으신 옷을 입으시고 "여름옷 중에 이만한 것이 없다."고 흐뭇해하시던 할아버지 모습이 떠오른다.

할머니와 어머니가 같이 쓰시는 바느질 바구니에는 언제나 실패에 실이 감겨져 대기했고 여분의 실타래가 자리하고 있었다. 두 분은 단순히 실로 옷이나 이불을 지으시고 꿰매시는 것이 아니었으리라. 무릎나간 삼촌들의 바지, 지게질을 많이 하시는 아버지 셔츠, 단추가 떨어진 줄도 모르고 뛰어놀았던 동생들 옷 등 무엇이든 할머니와 어머니는 정성스레 실로 꿰매주셨다. 가족들이 밖에 나가 생활하며 지치고 부대끼며 해어진 마음마저도 어루만지고 쓰다듬어 주셨던 것 같다.

예로부터 선조들은 실을 소중히 여겼다. 혼례를 치를 때도 청실, 홍실을 썼으며, 아기가 태어나 삼칠일이나 백일 때, 돌이 되었을 때도 미역국, 흰쌀밥과 함께 실타래를 올렸다. 삼신께 긴 실처럼 아이의 무병장수를 기원하는 제물로 썼다. 이즈음 돌잡이 물품도 시대에 따라 청진기, 판사봉, 마이크, 공 등 새롭게 많이 바뀌었지만 실만은 그대로 자리를 굳히고 있지 않은가. 뿐만 아니라 고사를 지낼 때도 북어와 실은 꼭 쓰였다. 무명실로 옷을 지어 입으면 길한 일이 생긴다하여 정월 대보름날 부인들은 무명실을 선물로 주고받았다고 전해진다. 실타래에 담은 염원, 가족의 건강과 장수는 예나 지금이나 변할 수가 없다.

오늘은 내친김에 실을 감아야겠다. 엉클어진 실을 감다 보니 난감하기 그지없다. 어차피 잘라서 쓸 실인데 잘라서 감아볼까 생각하다가 아니야, 그래도 차근차근 풀다 보면 언젠가는 풀리리라. 인내심이 필요했다. 수차례 풀리지 않으면 자를까 말까를 고민하게 되었다. 분명 언젠가는 잘 풀리리라 기대를 하고 어렵게 조금씩 엉킨 매듭을 풀며 감다보니 우연히 정말, 어디에서 풀렸는지도 모를 만큼 스르르 엉킨 매듭이 풀리고 술술 잘 감아진다.

실타래는 우리의 삶과도 닮아 보인다. 살다 보면 앞뒤가 꽉 막힌 듯 힘든 일과 마주할 때가 있다. 아무리 애를 써도 소용이 없다. 깊은 터널 속을 헤매듯이 힘겹지만 포기하지 않고 차근차근 최선을 다하다 보면 어느 순간 우리는 그 고비를 넘어서는 자신과 만나게 된다. 부부 사이, 친구, 이웃 등 인간관계도 마찬가지다. 차라리 실이라면 잘라 버리겠지만 인연을 그리할 순 없다. 엉클어진 실타래처럼 잘 풀리지 않는 관계가 되어도 서로 마음을 열고 앙금을 털어 버려야 한다.

할머니, 어머니 세대와는 달리 요즘이야 이불을 꿰매거나 옷을 깁는 일이 흔치 않으니 실 한 타래면 오래 쓰게 된다. 그러고 보니 내 유년의 할머니만큼 나도 세월을 건너왔다. 작은 아들이 결혼을 하고 얼마 전 예쁜 손녀를 보게 되었다. 아기를 품에 안으니 수많은 생각이 겹친다. 이 아기가 자라는 과정에 또는 성인이 되고 세상을 살며 얼마나 많은 인연을 만나고 인간관계를 맺고 살아갈까 생각하니 가슴이 뛴다. 아직 '할머니'라고 아기가 부르지는 못하지만 주위에서 할머니 되었다고 한 마디씩 일깨워주니 곁에 계시지 않는 할머니와 어머니가 콧등이 시큰하도록 그리워진다. 조부모님과 부모님, 아들과 손녀딸이 하나의 실타래 같다. 실타래가 각각 다른 가닥인 듯해도 실패에 감아보면 처음과 끝이 하나로 이어지듯 말이다.

의미 있는 실이니 만큼 소중히 여기고 자주 사용해야겠다. 장롱 안에 잠자고 있는 솜을 틀어서 손녀딸의 이불을 지어볼 생각이다. 나의 할

189

김순남

머니가 예전에 내게 해주셨듯이 여름이면 손톱에 봉숭아 꽃잎을 찧어 얹어놓고 무명실을 묶어주며 조근조근 옛이야기를 들려줄 몇 년 후 여름날을 그려본다.

김순남 | 『월간문학』 수필 등단(2016년). 한국문인협회, 대표에세이문학회 회원. 저서: 수필집 공저 『골목길의 고백』. E-mail: ksn8404@hanmail.net

끈

신미선

벽에 걸린 달력이 흔들리고 있다. 저녁을 먹고 난 후 환기를 위해 열어놓은 창문으로 들어오는 바람 탓이다. 사시사철 온갖 희로애락을 담아 무거울 법도 하련만 달력은 들어오는 바람에 제 몸 하나를 지켜내지 못하고 있다. 아슬아슬 떨어질 듯 펄럭이는 소리가 구원의 아우성으로 들린다. 서둘러 창문을 닫고 보니 달력은 언제 그랬냐는 듯 얌전히 자신의 자리를 지키며 조용해졌다. 12월이란 큰 숫자가 올해도 얼마 남지 않았음을 일러준다.

그러고 보니 며칠 후면 결혼기념일이다. 부부란 전생에 팔천 겁의 인연이 있어야 만나는 것이라고 했던가. 뜨거운 한여름의 불같은 여자와 한없이 고요하기만한 겨울 같은 남자가 만나 어느새 스무 해를 나란히 함께했다. 한 해 두 해 인생이란 거친 바다에 온갖 풍랑을 만나 흔들리고 부딪치며 어느새 그도 나도 사계절을 고루 닮아 두루뭉술해졌다.

나무와 흙을 좋아한 남편은 학부에서 건축을 전공했다. 그래서일까 처음 만난 날 그는 넓은 초록 들판에 그림 같은 집을 지어 보는 게 꿈이라고 했다. 거실에는 한쪽 벽면 가득 창을 내어 세상의 햇살을 모두 받아들이도록 설계를 하고 해가 뜨고 지는 풍경을 함께 바라보면 좋겠다는 말에 나는 속수무책 무너졌다. 그리고 그것은 그가 내게 보여준 가장 달콤한 처음이자 마지막 가슴 설레는 한마디였다.

남편은 늘 개미처럼 일을 했다. 이른 아침에 출근을 하고 저녁이 훨씬 지나 한밤중이 되어서야 하얀 달빛을 밟고 퇴근을 했다. 얼굴을 보고 대화를 나누는 시간은 아침상을 차려놓고 마주 앉는 십분 정도가 전부였다. 양가 부모님의 생신이나 조부모님의 기일 등 온갖 집안 대소사를 챙기는 것은 늘 나 혼자였다. 그는 또 일주일의 절반 가까운 시간을 직장 동료들과 마시는 술잔 속에 쏟아 부었다. 나의 자부심 가득한 해장국 끓이는 솜씨는 그야말로 남편의 공이 크다.

아이가 태어나고 나는 전보다 더 많은 종종걸음으로 바빠졌다. 아이를 놀이방에 맡기고 데려오는 것도 나의 일이었고 자전거 타는 법을 가르치는 것 역시 오롯이 내 몫이었다. 대신 남편은 밖에서 큼직큼직한 건물을 설계하고 자신의 이름을 등재하며 차곡차곡 그들의 사람으로 거듭나고 있었다.

사랑에 눈멀었을 땐 온 세상이 새털처럼 가벼웠다. 그러나 차츰 그의 삶을 이해하지 못하는 나의 속마음은 날카로운 칼날이 되어 서로의 가슴에 생채기를 내며 점점 무거워졌다.

어느 날 남편이 지나가듯 말했다. 잠이 잘 오지 않는다고…. 그러고 보니 언젠가부터 그는 밥도, 잠도 예전 같지가 않았다. 하루에 세 마디 하던 말수조차 사라졌다. 가끔씩 함께 술을 마시고 귀가를 책임져주던 직장 동료에게서 걱정스러운 연락이 오기도 했다. 남편에게서 미세한 무언가가 감지되고 그것은 그림자처럼 시시각각 나를 따라다녔다.

"오늘 집으로 돌아가면 우선 제일 먼저 끈이란 끈은 모두 치우세요. 세탁소 옷걸이 같은 것도 전부 숨기고…."

의사가 내게 건넨 첫 말이었다. 나의 어깨가 흔들렸고 시야가 흐려졌다. 의사는 한 점 흐트러짐도 없이 냉정한 한마디 한마디를 이어가며 본인의 사명을 다하고 있었다.

"지금 남편 분은 직장업무 스트레스로 인한 우울증입니다."

그는 의사가 처방해준 작은 알약을 먹고 잠이 들었다. 반대로 나는 쉬이 잠을 이룰 수 없었다. 한없이 거실을 서성거렸다. 창밖으로 보이는 가로등 불빛은 여전히 제자리를 지키며 반짝이고 있건만 나의 머릿속은 엉킨 실타래처럼 길을 잃은 채 갈팡질팡 했다.

결국 집안에 있던 온갖 끈들을 찾아 거실 바닥에 펼쳐 놓았다. 베란다 빨랫줄에 다소곳 걸려있는 세탁소 옷걸이부터 넥타이, 허리띠 등 찾으려 드니 운동화 끈에서부터 가방끈까지 그 종류는 참 많기도 했다. 치운다고 치워질 물건이 아니라는 것을 깨닫기까지 그날 내가 보낸 그 하룻밤은 지금껏 살아온 날들 중 가장 길고 어두운 시간이었다.

주말 아침 그를 위한 따뜻한 밥상을 차려내고 우리는 마주 앉았다. 평생 함께할 튼튼한 집을 짓겠다던 설레던 첫 고백부터 아이가 태어나던 날 셋이 꼭 맞잡았던 손, 주머니 깊숙이 사표를 품고 다니면서도 가족을 위해 온 힘을 다해 버텼다는 남편, 함께하지 않는다고 늘 긁기만 했던 나의 바가지 등…. 그동안 그가 겪었을 밖에서의 삶과 나 홀로 고군분투했던 안에서의 삶이 마치 밀물과 썰물처럼 드나들었다. 나의 눈가에 이슬이 맺혔고 그의 눈에도 노을빛이 설핏설핏 어렸다. 각자 힘겨웠을 서로의 시간을 되짚으며 우리는 울었다.

남편이 약봉투를 모두 휴지통에 버렸다. 병원에 다닌 지 한 달 만의 일이었다. 약에 의존하는 나약한 아빠로 사는 걸 아이에게 보여주고 싶지 않다는 단호함을 덧붙였다. 나 역시 의사의 지시를 거스르기로 했다. 집 안 여기저기 놓아두어도 두렵지 않을 만큼 그와 나 사이에는 치열하게 싸우고 화해하며 이어온 또 다른 끈을 믿기 때문이었다. 그것은 바로 체념하듯 원망하면서도 함께여야 비로소 빛나는 오랜 인연의 끈이었다.

남편은 천천히 그리고 조금씩 집으로 돌아오고 있다. 일도 많이 줄이고 아침 시간에는 자동차로 아들의 등하교도 책임져 준다. 어색하던 부자 사이에는 길지는 않지만 깨알 같은 수다도 종종 목격되곤 한다. 저녁시간이면 화려한 찬은 아니지만 정성 들인 따뜻한 밥상 앞에 가족 모두가 즐거우니 더 바랄게 무엇인가. 일상의 중심을 놓치지 않으려 애쓰는 그가 참 고맙다.

　햇살이 눈부신 날도 있으리라. 바람이 불고 비 내리는 날도 있을 것이다. 그러나 음식이든 사람이든 깊은 맛을 내려면 시간이 필요하듯 나는 지금 오래 걷기 위해 잠시 쉬고 있다.

신미선 | 『월간문학』 수필 등단(2017년). 한국문인협회, 음성수필문학회, 대표에세이문학회 회원. 저서: 수필집 공저 『쉼』. E-mail: shinms24@hanmail.net

저 언덕 너머

조명숙

산과 맞닿아 있는 베란다 문을 연다. 유월의 후덥지근함도 무색하게 서늘한 바람이 밀려온다. 노목의 늘어진 나뭇가지 사이로 햇살이 빗금을 그으며 눈부시게 쏟아지고 이름 모를 새들의 노래는 온 집안을 휘돌며 그칠 줄 모른다. 구중심처가 따로 없다.

지방에서 서울로 이사를 했다. 나이가 들면 도시를 벗어나 한적한 시골로 내려간다는데 남들과 달리 거처를 옮겼으니 누가 봐도 의아할 만하다. 함께했던 지인들은 이유를 모르는 갑작스런 이별에 아쉬워했고 대선배이신 스승님은 '축하를 해야 할지 위로를 해야 할지 모르겠다.'고 하셨다. 내가 생각해도 이상하다. 무엇에 홀린 것처럼 잡아끌듯이 상경하게 되었으니 말이다. 남편이 퇴직을 하고 집에 안주하게 되자, 나는 밖으로 돌기 시작했다. 산책하는 횟수가 잦아졌고 마냥 걷기 일쑤였다. 그러다 문득 어디론가 떠나고 싶어졌다. 그런 마음은 막연히 서울 쪽을 향하고 있었고 일은 일사천리로 이루어졌다. 경제적인 어떤 손실도 감수하며 살던 주택을 매각하고 서울 변두리 한적한 곳을 살피기 시작했다. 그러기를 며칠, 내 눈에 든 것이 산 중턱에 자리한 허름한 아파트다.

그 아파트는 눈에 설지 않았다. 건축한 지 삼십 년 가까이 되어가며 가파른 언덕을 올라야 이르는 꼭대기 집이었다. 장판은 언제 깐 것인지 바닥의 미세한 돌출부분에도 구멍이 났고 벽지는 세월에 절어 누렇다. 칠은 벗겨지고 손때가 묻은 곳곳이 낡았다. 그럼에도 불구하고 오래전부터 살아왔던 것처럼 편하게 느껴지는 것은 왜 일까. 새것에 익숙하지 못한 기질 탓이려니, 친정 부모님이 지척에 계시기 때문이려니 생각했다. 그런데 그게 아니었다.

초등학교 2~3학년 무렵이다. 부모님은 일하러 나가시고 학교를 파한 우리들은 또래끼리 모여 놀이하는 것이 하루 일과였다. 동네 공터에 삼삼오오 모여 놀거나 비행기 산에 올랐다. 비행기 산은 동네에서 좀 떨어진 나지막한 산으로 정상에 오르면 헬리콥터가 내려앉을 수 있도록 평평하게 닦아놓아 우리가 붙여준 이름이다. 넓고 고른 정상은 놀이하기에 십상이어서 숨바꼭질을 비롯해 땅따먹기, 공기놀이를 하며 어둑해지도록 놀았다. 산에 오르기 전 왼쪽으로는 완만한 언덕이 하나 있었다. 나는 하산할 때마다 저 언덕 너머에는 무엇이 있을까, 늘 궁금했다. 어느 날 궁금증을 견디지 못하고 친구들에게 저 언덕 너머를 함께 올라가 보자고 제의했다. 모두 고개를 가로저었다. 내 상상과는 달리 친구들은 모두 무서운 생각을 하고 있었다.

나는 저 언덕 너머에 궁전이 있다고 믿었다. 만화가 보편화되어 있던 시절에 닥치는 대로 명작만화를 읽었다. 그곳엔 소공녀나 알프스의 소녀처럼 슬프지만 아름다운 이야기가 있었고 아라비안 나이트에는 화려한 궁전도 등장했다. 그 무렵, 저 언덕 너머에는 분명 양옆으로 절벽을 이룬 외길이 있고 그 길이 끝나는 산 중턱에 궁전이 있을 거라 확신하게 되었다. 그 궁전을 꼭 한번 보고 싶었다.

한 친구는 거지들이 살고 있다고 했다. 빨랫줄에 더러운 누더기들이 널려있고 악취가 풍길 거라고 했다. 거지들은 자신들의 그런 형편을 구경이라도 하려고 언덕에 오는 줄 알고 소리를 지르며 몽둥이를 들고 따라올지도 모른다고 했다. 당시는 넝마주이나 거지가 많았고 우리 눈에 그들은 험상궂게 보였으므로. 아니, 실제로 불량했기 때문에 그런 상상을 할 만했다.

또 다른 친구는 뱀이 우글우글할 거라고 했다. 그 때 친구들은 나쁜 짓을 하거나 거짓말을 하면 지옥에 떨어진다는 말을 많이 했다. 지옥에 가게 되면 긴 혀를 날름대는 뱀들이 가득한 웅덩이에 던져진다고 했다. 저 언덕 너머에는 지옥처럼 뱀이 우글댈 거라고 말했다. 그 친구

말을 듣는 순간 소름이 돋았다.

하지만 나는 친구들 이야기가 끝나자 언덕을 향해 달렸다. 아이들이 그만두고 내려오라는 소리가 귓전을 때리고 머리는 쭈뼛쭈뼛 섰다. 그래도 진땀이 난 주먹을 꼭 쥐고 뛰어갔다. 그렇게 다다른 곳은 산등성이었고, 외길 끝 화려한 궁전은 없었다. 뱀이 우글거리지도 않았으며 거지들도 없었다. 다만 광활한 대지 위에 잿빛 산들이 사이좋게 팔짱을 끼고 산영을 드리우고 있었다. 고즈넉한 산기슭엔 집이 드문드문 몇 채 있을 뿐 적막하기 그지없었다. 궁전이 있어야 할 자리를 멍하니 주시할 뿐이었다.

실의에 빠져 언덕을 내려왔다. 기다리던 아이들이 침을 삼키며 물었다. 무엇이 있더냐고. 나는 아무 말도 하지 못하고 울음을 터트리고 말았다. 당황한 아이들이 내 양팔을 끼고 마을로 내려왔다. 아마 못 볼 것을 보고 놀라서 그럴 것이라고 생각한 모양이다. 그 후 친구들은 공포심이 더했는지 비행기 산에 다시는 가지 않았다. 몇 년 후 의기투합하여 산을 오르려 했으나 순식간에 들어선 주택들로 기존의 산길과 언덕은 없어졌다. 아이들은 저마다의 상상을 묻은 채 멀어져 갔고 현실과 부딪친 내 환상만이 갈등을 빚었다.

비행기 산의 지금 이름은 장군봉이다. 장군봉 아래 친정이 있어서 이삿짐 정리를 대충 마치고 부모님을 뵈러 갔다. 어린 시절 추억이 생각나 비행기 산에 올랐다. 언덕길을 둘러보았으나 땅띔을 못 하겠고 주택가를 돌아 생소한 길로 갔다. 넓고 평평했던 정상은 위락시설로 단장되었고 가장자리는 울창한 나무에 둘러싸여 앞이 잘 보이지 않았다. 높은 바위만을 옮겨 다니며 서서 저 언덕 너머의 기억을 더듬었다. 몇십 년 전에 보았던 잿빛 산들은 온통 높은 빌딩과 아파트, 집들로 들어찼고 골짜기는 차도로 뻗어있었다. 나뭇가지 사이로 어렴풋이 우리 집이 보였다. 그곳은 어린 시절 궁전이 있을 거라 믿었던 자리가 아닌가!

우리 집은 궁궐이었다. 어릴 적 상상의 세계가 무의식 속의 현주소일지 모른다. 어지럽게 달려온 지금까지의 삶에 마침표를 찍고 동심으로 회귀하여 다음 악장을 준비하라는 새들의 지저귐은 아닐는지. 그 오묘한 뜻을 헤아리는 중이다.

조명숙 | 『월간문학』 수필 등단(2017년). 한국문인협회, 대표에세이문학회 회원. 2008년 충주시 가족지원센터 아동양육지도사. 수상: 2009년 다문화 가족 활동가 수기 공모 대상. 2015년 괴산문학 전국 백일장 입상. E-mail: moungoky@daum.net

인연의 흔적

백선욱

"사람은 얼굴도 잘생기고 그랬지마는 끌리는 데가 없었어. 마음이 없으니 곁에 있어도 덤덤했지. 그런데 슬며시 먼저 손을 잡더라고. 뭐라 할 수도 없고 해서 돌아 누웠더니 내가 보기 싫어서 그러냐고 네 아버지가 묻더라. 아니라고 내가 그냥 마음이, 숨이 막혀서 그렇다고 했지."

어머니의 옛이야기가 시작되었다. 신랑 얼굴도 모른 채 혼례를 올렸던 70년 전의 기억이 시간의 물길을 타고 흐른다. 어머니는 올해 90세이다. 한학자이며 문필가였던 외할아버지의 셋째 딸로 태어나 많은 사랑을 받았다고 한다. 하지만 열세 살 무렵, 작은 방에 살던 일하는 아주머니가 안방을 차지하며 새어머니가 되자 어머니의 행복한 삶도 끝이 났다. 새어머니의 구박과 핍박의 소녀 시절, 천덕꾸러기로 보낸 서글픈 시간이라고 회상한다. 어머니는 혼기를 놓치고 일본군 강제위안부 차출을 피해 큰이모부가 경영하던 군수품 통조림 공장에 위장 취업을 했다. 숨죽인 두 해 반. 라디오에서 천황의 항복 선언을 듣고 집으로 달려가며 누구보다 가슴 벅찼던 순간도 기억해 냈다. 그러다 우연처럼 아버지와 인연이 닿는 사건이 발생한다. 몰래 나무를 하다 산림법을 어긴 당숙모를 변호하기 위해 군수를 찾아온 청년이 마음에 든 큰외삼촌은 그 학생을 막냇동생의 남편감으로 점찍은 것이다. 찢어지게 가난한 몰락한 가문의 청년은 엉겁결에 군수의 매제가 되었다.

어머니의 기억을 기록해놓고 싶었다. 오래지 않아 어머니와 함께 사라질 이야기들. 어머니를 인터뷰해보는 것은 어떨까. 오랜 병환으로 인해 생긴 우울증과 치매 예방을 위한 마땅한 묘안을 찾고 있었는데, 내 고민을 들은 지인이 조언해준 방법이다. 추억에 관한 촬영을 해야 한다며 일을 핑계로 어머니께 부탁드렸다. 어머니는 앉아있기조차 힘든데도 아들을 도와주겠다는 마음으로 흔쾌히 허락하셨다. 기억의 실마리를 찾아가는 어머니에게 생기가 보인다.

출근하려는데 어머니의 휠체어 소리가 들렸다. 어제 이야기를 잘못한 부분이 있으니 수정하시겠단다. 바로 고치지 않으면 큰일이라도 날 듯 어머니의 얼굴이 사뭇 진지하다. 아예 지각하기로 마음을 정하고 가방을 내려놓았다. 이야기는 수정이라기보다는 덧붙임이었다.

결혼 첫날밤, 아버지는 신부에게 손끝 하나 대지 않았다고 한다. 이미 식은 올렸지만 후회하는 일은 안 하는 것이 옳다며 삼일 동안 아무일 없을 테니 마음을 돌려도 괜찮다고. 어머니에게 선택의 시간을 주신 것이다. 마지막 날 저녁, 남편으로 받아들이겠다는 어머니의 결정을 듣고 난 후에야 한 이불에서 잠을 잤고, 병환으로 돌아가실 때까지 한 평생 부부의 믿음을 거스르는 일은 단 한 차례도 없었다며 주름진 눈가가 붉어진다. 어머니는 밤새, 70년 전 그날 밤의 기억을 되살리기 위해 애쓴 모양이다.

며칠 후, 전쟁이 끝나고 폐허에서 시작한 신혼 생활의 이야기를 들었다. 그때부터는 삶과의 전쟁이었다. 아버지와 어머니는 군산시장에서 빈주먹으로 장사를 시작했고 밤낮으로 매달린 끝에 직조기계 3대가 놓인 어엿한 공장으로 일궈냈다고 한다. 저녁마다 하루 동안 벌어들인 돈을 세다보면 어느새 아침이 될 정도로 사업은 날로 번창했다고. 몇 년이 지나자 변두리 공장은 번듯한 큰 회사가 되었다. 그리고 일곱 명의 아이들이 태어나고 자랐다.

불행은 연이어 닥친다고 했던가. 1978년 봄, 늦둥이 막내딸이 10살이 되던 해 아버지의 사업이 한 순간에 무너졌다. 설상가상 둘째 아기를 임신한 큰딸이 대학 병원에서 의료사고로 사망했다. 순식간에 집안이 무너지기 시작했다. 사업의 실패와 큰딸의 사망소식은 아버지를 깊은 상실과 절망의 나락으로 밀어 버렸다. 힘든 투병, 아버지는 회한 가득한 이승에 어머니와 우리 6남매를 남겨놓고 결국 돌아가시고 말았다. 긴 세월은 주름을 잡아 붙여버린 듯 어머니로 인해 압축되었다.

의외로 담담한 어머니의 이야기는 어느 기점부터 내 기억과 만났다. 그때부터 시간의 흐름을 따라 이어지던 어머니의 기억들이 점차 시간과 공간을 넘어 다녔다. 어떤 것은 덧대어지고 어떤 것은 통째로 잘라내기도 한다. 심한 경우 30년의 간극이 있는 두 기억이 붙어 하나가 되었다. 그런데 이상한 것은 나쁜 기억이나 다른 사람을 미워할 여지가 있는 기억들은 지워져 있다는 것이다. 큰딸의 죽음이 병 때문이었다고 기억하는 것은 사고를 낸 의사에게 용서와 면죄의 의미가 있다. 부모가 의사 공부 시키느라 고생했을 텐데, 젊은 사람 앞날을 위해 용서하겠다며 어떤 보상도 거부하셨기 때문이다. 선택적 기억. 어머니는 과연 나쁜 일들을 정말 기억하지 못하는 것일까. 주름져 내려앉은 선한 눈매를 바라보았다. 싫었던 기억은 완전히 지워진 듯하다. 어머니만 알고 있는 미움의 통로가 닫힌 것이다.

추억의 방으로 가는 비밀한 문. 그 문을 드나드는 것은 회상뿐이다. 그곳에는 시간이 없다. 나이도 세월도 아무 상관 없는 곳, 영원히 쫓겨나지 않는 어머니만의 공간이다. 아픔일 수 있어도 결코 상처일 수 없는, 어쩌면 어머니는 따뜻한 추억만을 따로 조금씩 저축해온 것은 아닐까. 잠시 꺼내 보면 잠시 행복하고, 더 오래 바라보고 있노라면 더 오래 행복해지는 향기로운 추억을.

　언제가 될지는 모르지만, 어머니는 그 기억들을 안고 우리 곁을 떠나실 것이다. 어쩌면 어머니를 인터뷰하고 있는 것은, 내게 남겨질 어머니의 추억을 붙들고 싶어서인지도 모르겠다. 일생을 자신을 위해서는 아무것도 한 일이 없으셨던 어머니. 푸석거리며 으깨진 마음도 조각을 맞추며 살아내셨다. 너덜너덜 헐어버린 가슴을 부여잡고 아픈 호흡을 하시는 것은, 무엇보다도 힘들었을 절망적인 순간에도 삶을 절대로 놓을 수 없었던 어머니의 기억 때문은 아닐까. 수많은 인연의 끈은 결국 기억이라는 흔적으로 남겨지나 보다. 미로의 중간에서 아리아드네의 실을 놓쳐버려 길을 잃은 기분이다.

　만남과 연분의 불가사의. 젊어 꽃다운 날 두 분은 어떤 사랑을 꿈꾸었는지 궁금하다. 크고 너그러운, 혹은 인내와 고통을 품 속으로 거둬들이는 겸허의 사랑은 아니었는지. 서천의 아버지 묘소에 다녀와야겠다. 가난했던 청년 시절, 가정을 꾸리고, 아내와 자식들을 위해 살아내던 시간들 그리고 어머니와의 인연을 아버지는 어떻게 기억하고 계시는지 술 한잔 올리며 묻고 싶다.

　특별한 만남과 운명적인 인연에 대하여.

백선욱 | 『월간문학』 144회 신인상(2017년 12월). 대표에세이, 문학동인 글풀 회원. 공저 : 『나는 바람입니다』 외 4편. E-mail: sunwuk143@daum.net

'라 캄파넬라'의 연

이재천

　　현실세계가 아닌 미래를 상상하면서 '또 다른 삶'을 살아봤으면 하는 생각에 사로잡힌 적이 많았다. 사실은 공상에 가깝다. 이룰 수 없거나 실현 불가능한 망상이 대부분이다. 유독 사춘기 시절에 가장 많이 소비한 시간들이다. 어른이 된 지금도 그 버릇은 여전히 남아있다. 달라진 점은 단지, 바쁜 일상 속에서 잠시 호흡을 가다듬는 '나 홀로 일탈' 기회로 삼을 뿐이다.

　　검은 교복에 교모를 쓰고 다니던 시절에 의사나 법관보다는 가난하게 살더라도 음악가가 되고 싶은 소박한 꿈이 있었다. 아름답고 멋진 곡을 연주하는 사람이 되고 싶었고, 삶의 목적도 음악에서 찾고 싶었다. '2015 쇼팽 콩쿠르' 세계무대에서 1등 한 '조성진' 피아니스트의 환상을 그때부터 가지고 있었다.

보릿고개 시절에 풍금이나 피아노를 만나는 건 쉽지 않았다. 농촌 시골에 살면서 일곱 살 무렵에 피아노를 만난 건 행운이었다. 읍내에서 한참 떨어진 촌놈으로 자란 덕에 문화적 혜택은 고사하고 접할 기회도 없었다. 그나마도 잡음이 섞여 들리는 덩치 큰 라디오를 듣거나 까만 판 위에 바늘이 돌아가면 음악이 나오던 전축이 유일했다.

학교가 있는 읍내까지는 십 리 길이었다. 오일장이 서던 장날은 어른들을 따라나섰고, 가다가 운 좋게 소달구지를 만나면 얻어 타고 갔던 곳이다. 장터 곳곳이 신기한 놀이터였지만 아버지가 계시는 학교만큼 호기심을 만족시키진 못했다. 학교 안의 잡다한 풍경들이 어린 마음을 사로잡았고 시간 가는 줄 모르고 놀았다. 특히 검은색 덩치 큰 피아노는 강렬한 놀이기구였다. 희고 검은 가지런한 건반을 누를 때마다 나는 소리들이 신기하게 다가왔다. 마구잡이로 가지고 놀 때마다 좋은 향기가 나는 여선생님이 옆에 앉아 하얀 손으로 동요도 들려주고 음계도 가르쳐 주던 기억들이 있었다.

그때의 기억들이 사춘기까지 이어졌는지도 모른다. 보충수업보다는 피아노 레슨을 받으러 다니다가 담임에게 혼난 적도 많았다. 원래 연주자를 희망하다 작곡으로 진학하고자 방향을 바꾸기도 하였다. 순전히 신체적 한계 때문이었다. 너무 늦게 시작한 기량 문제, 짧고 굵은 손가락 탓에 한 옥타브를 집는 데 한계를 느꼈다. 결국에는 작곡하고 싶다는 희망사항도 포기하였다. 부모님에게는 음악이란 말조차도 꺼내지도 못한 채 묻어두고, 다른 길을 걷게 되었다.

피아노와의 만남이 멀어지고, 소년의 꿈은 다른 이의 몫으로 남겨놓았다. 소원해질 무렵 우연히 들렸던 클래식 감상실의 충격이 잠든 나를 깨웠다. 이날 만난 〈라 캄파넬라〉가 둔감해져버린 우뇌에 강한 충격파를 던져 주었다. 기억 저편으로 보내 버렸던 환상이 다시 일어나고 음의 리드미컬한 늪 속에 빠져버렸다. 원곡은 바이올린 곡으로 '리스트'가 피아노에 맞게 변주한 곡이다. 템포가 빠르고 현란한 기교를 요구하므로 연주하기 어렵다. 당시 실력으로는 언감생심이고 불가능한 일이었다. 귀의 호강만으로 만족해야만 하였다.

이후부터 환상을 꿈꾸기 시작하였다. 이런 곡을 연주할 수 있는 여인을 만날 수만 있다면, 함께하는 미래의 삶이 달콤할 듯싶었다. 나로서는 절대로 불가능한 연주지만 피아노에 앉은 여선생님의 '하얀 손'이 천상의 소리를 들려줄 것 같았다. 여인을 만날 때마다 첫 질문은 '리스트'였지만, 전생부터 인연이 없었나 보다. 꿈은 꿈으로 지나가버렸고, 나보다도 더 피아노가 서툰 여인과 연을 맺었다.

'라 캄파넬라'는 종소리를 의미한다. 종소리를 표현하기 위하여 16분음표가 고음으로 이어지며 열 손가락들이 보이지 않을 정도로 연주한다. 피아노 대가들은 종종 이 곡으로 연주 기량을 보여주지만 아마추어가 하기에는 어려운 곡임에는 분명하다.

숱한 날이 지난 후에야, 환상처럼 다가와 연주해준 여인을 비로소 만났다. 긴 머리와 긴 하얀 손을 가진 아리따운 묘령의 여인이 피아노 건반과 한 몸이 되어 '잃어버렸던 꿈'을 메아리처럼 불러오고 있었다. 이어지고 끊어질 듯 연결해가는 선율들이 가지런한 건반을 타고 하얀 손과 하나가 되어 날아오르고 있었다. 프리지어 꽃 향이 종소리의 여운을 타고 날아와, 비어있던 가슴을 때로는 느리게 때로는 빠르게 채워주었다. 오래전 작동을 멈추고 있던 뇌세포들이 공명으로 투과되고 있었다. 피아노 옆에 앉은 여선생님의 나긋한 섬섬옥수가 보일 듯 말 듯 춤을 추고 있었다. 환상의 세월은 무상함도 넘나든다.

바쁜 세월이 핑계일 뿐이지만 손때 묻은 건반만큼이나 〈라 캄파넬라〉의 꿈이 희미한 종소리 여음에 파묻혀간다. 시간이라는 건반을 다시 조율하고 싶다. 삼십 년의 세월은 사람을 많이도 변화시켰지만 어린 시절 만났던 피아노의 연은 여전히 매혹적으로 다가온다. 음대를 졸업한 친구의 딸이, 나의 간곡한 청에 못 이겨 늦게나마 소원을 풀어주었던 것이다.

잔뜩 굳어진 손가락과 기대로 제2의 사춘기를 느껴보는 것은 과욕이지만, 이제는 피아노 앞에서 먹먹하고 막힌 상상보다 느긋한 상념을 들려주고 싶다. 더 이상 달콤한 상상이나 인연의 미약은 탐하지 않는다. 희미해져가는 고향의 장날, 가슴에 품었던 연정이 소소한 추억으로 찾아오는 날이면, 나만의 오롯한 연주여행을 시작한다.

이재천 | 『월간문학』 수필 등단(2018년). 한국문인협회, 전북아람수필, 대표에세이문학회 회원.
E-mail: chon411@naver.com

나에게로 온 날들

정목일 김　학 이창옥 지연희 조성호 권남희 최문석 한석근 고재동 윤주홍
이은영 김사연 정인자 윤영남 박미경 류경희 조현세 김지헌 정태헌 김선화
박경희 청정심 김윤희 김현희 곽은영 김경순 김경순 허해순 허문정 김진진
전영구 김기자 김기자 김영곤 전현주 김정순 신순희 박정숙 최　종 김순남
신미선 조명숙 백선욱 이재천

나에게로 온 날들 | 因緣

2018년 대표에세이 수필모음집